AF489252

رواية

رشـا زيدان

روى

روايـة

الكرمة

لمزيد من المعلومات عن الكرمة للنشر والتوزيع: www.facebook.com/alkarmabooks

زيدان، رشا.

روح: رواية / رشا زيدان – القاهرة: الكرمة للنشر والتوزيع، ٢٠١٦.

٢٣٢ ص؛ ٢٠ سم.

تدمك: 9789776467385

١ – القصص العربية.

أ – العنوان.

رقم الإيداع بدار الكتب المصرية: ٢٠١٥ / ٢٥٣٥٤

٢٤٦٨١٠٩٧٥٣١

تصميم الغلاف: عبد الرحمن الصواف

شكر واجب

قال الله تعالى: «وَأَمَّا بِنِعْمَةِ رَبِّكَ فَحَدِّثْ».

قال الله تعالى: «لَئِن شَكَرْتُمْ لَأَزِيدَنَّكُمْ».

قال الله تعالى: «ذَلِكَ فَضْلُ ٱللَّهِ يُؤْتِيهِ مَن يَشَآءُ وَٱللَّهُ ذُو ٱلْفَضْلِ ٱلْعَظِيمِ».

صدق الله العظيم

إعمالًا بتنفيذ أمر الله بالحديث عن النعمة، فإنني أعلن وأعترف أن الله الكريم الجواد أنعم عليَّ بالكثير من نعمه التي لا تُعد ولا تُحصى، من ضمنها أنه أعطاني ملكة الكتابة، فمكنني من ترجمة أفكار ومشاعر وأحاسيس تجول بقلبي وخاطري في شكل كلمات مقروءة ألهمني إياها. وحبًّا مني فيه، وطمعًا في قربه، فإني أحاول أن أشكره ليزيدني ويدنيني منه.. ولكن كيف يكون الشكر لمن نغرق في نعمه! لذلك أدركت أنني لن أستطيع أن أشكره إلا إذا أنعم هو عليَّ بكيفية الشكر له، وهذا في حد ذاته فضل من الله يؤتيه من يشاء وهو صاحب الفضل العظيم. اللهم يا عظيم امنحنا القدرة على شكر نعمتك، وألهمنا الفناء عن أنفسنا حتى

لا نرى فينا سواك، ولا تجعلنا مفتونين بجميل أنت صانعه فينا وليس لنا حول ولا قوة فيه، وارزقنا الرجوع إليك بكل جميل هو منك وإليك يا الله.

لا نرى فينا سواك، ولا تجعلنا مفتونين بجميل أنت صانعه فينا وليس لنا حول ولا قوة فيه، وارزقنا الرجوع إليك بكل جميل هو منك وإليك يا الله.

إهداء

إلى الأرواح الصافية النقية التي تحيا بداخلي، وأضعها أمام عينيَّ قدوة، وأحاول جاهدة أن أنقي نفسي مما بها لتصل قدر المستطاع للتشبه بها.. إلى روح أبي وروح أمي الغاليين، أهدي إليكم أول أعمالي الروائية، «روح»، والتي نسجتها روحي قبل أن تكتبها يدي، أو ربما نسجتها روحاكما. ربما كان يجلس أبي على ضفاف نهر اللبن في جنتكما، وكنتِ تجلسين يا أمي إلى جواره بجمال، كما اعتاد أن يكتب في الدنيا وأنتِ إلى جواره، يستلهم أفكاره من قلبك النقي، ويغزل سطوره من عينيك اللامعتين. أعتقد أنه هكذا نسج هذه الرواية برقته المعهودة وقلبه الكبير الدافئ. أعتقد بشدة أنكما أرسلتماها إليَّ عبر عالم الأرواح وفي حراسة ملائكة الرحمن، وإلا كيف للفقيرة إلى الله أن تكتب تلك السطور دون مساعدة من الله عن طريقكما! أشكركما بشدة على تلك الهدية التي أحببتها من كل قلبي، وأرجو أن يحبها مثلي كل من يقرأها. لكما مني كل الحب والتقدير إلى أن نلتقي.. غدًا نلقى الأحبة.

ابنتكما المحبة

رشا حامد زيدان

تنويه

يحرص دائمًا كل كاتب أن ينوه في بداية روايته عن أن شخصيات الرواية من نسج الخيال، ولا تمت للواقع بصلة، وأن أي تشابه بين الأشخاص أو الأحداث وبين شخصيات أو أحداث من الواقع فهو من قبيل الصدفة البحتة، ولا يُشكل حقيقة بأي شكل من الأشكال. سوف تجد هذا التنويه منفيًّا تمامًا في هذه الرواية.

قد تجد نفسك أنت «نور»، وقد تجدين نفسكِ «روح»، وقد يُذكِّرك «براء» بصديق أو شخص عبر حياتك، وقد تشبه «حياة» كثيرًا من الشخصيات المحيطة بك، كما أنك قد تجد أحداث الرواية تشبه في مشاهد أو أحداث كثر أحداثًا من حياتك أنت.. هذا كله ليس خيالًا، ولكنه بالفعل ما أحاول أن أنسج أحداث الرواية في إطاره.. هذا الإطار هو أننا نحيا بأجسادنا، ولكن أرواحنا تسبح في عوالم الله التي نجهلها تمامًا، وليس لدينا أي معرفة أو تخيل عنها.. فكثيرًا ما تجد نفسك تقابل شخصًا وتشعر أنك قابلته من قبل مع أنك لم تقابله في الحياة الدنيا من قبل.. وأحيانًا أخرى تتحدث بحديث ما وتشعر فجأة أن

هذا الموقف حدث بالفعل من قبل مع أنه لم يحدث في الحياة أيضًا.. وقد تنام وترى رؤية أو حلمًا ثم تجد أحداثًا تشبهه تتحقق في الواقع فيما بعد.. قد تختلف تسميات هذه المواقف وتحليلاتها العلمية، لكن أبدًا لا يوجد شيء حولها مؤكد بعد سوى حديث سيدنا محمد عليه أفضل الصلاة والسلام: «الأَرْوَاحُ جُنُودٌ مُجنَّدةٌ، فَما تَعَارَفَ مِنهَا ائتَلَف، وما تَنَاكَرَ مِنهَا اختَلَف». إذن الأرواح تقابلت من قبل في عالم النور قبل الأجساد، وهي عندما تتقابل في الحياة الدنيا، عالم الأجساد، فإنها تشعر بالألفة والميل تجاه بعضها البعض.

لن يستطيع أي شخص مهما وصل إليه من علم أن يجزم بكون هذه الأرواح تقابلت أم لم تتقابل في عالم النور، لأن الجميع سوف يقف عاجزًا تمامًا أمام تلك الحقيقة التي حجبها الله عنا وأبقاها سرًّا له وحده الواحد الأحد، وقال ذلك في كتابه العزيز: ﴿وَيَسْأَلُونَكَ عَنِ الرُّوحِ قُلِ الرُّوحُ مِنْ أَمْرِ رَبِّي وَمَا أُوتِيتُم مِّنَ الْعِلْمِ إِلَّا قَلِيلًا﴾ صدق الله العظيم.

١

تتصفح صفحتها على الفيس بوك يوميًّا، ولكنها تتوقف دائمًا عنده هو.. آرائه.. كتاباته.. فيديوهاته القديمة.. تتعجب من ذلك الزمن الذي لم يعطه حق قدره، ولم يضعه في مكانه المناسب.. إنه عبقري بكل المقاييس.. كم تمنت أن يكون لا يزال على قيد الحياة حتى تذهب إليه كل يوم.. تحمل معها أوراقًا كثيرة وقلمًا وصحبة ورد.. تجلس معه في شرفة منزله.. تسمعه يتحدث، وتتشرب منه تلك البساطة والأناقة في التعبير.. تمنت كثيرًا تلك الأمنية التي تعلم جيدًا أنه لا أمل في تحقيقها.

زارتها روحه أو ربما ذهبت روحها إليه.. كانت كلما مرت بحال أو انتابتها موجة تساؤلات كان يشعر بها ويزورها ويتحدث معها ولا يتركها إلا وقد وجدت أجوبة لكل أسئلتها.. كانت آخر الزيارات عندما قرأت كتاب «قواعد العشق الأربعون».. أحست أن هذا الكتاب محطة مهمة في حياتها.. كان محملًا بكم وافر من الرسائل إليها.. قرأتها جميعًا واستوعبتها ووجدت نفسها بعد أن أنهت الكتاب دخلت

في إحدى الزيارات لصديقها العالم.. ولكنها كانت زيارة الوداع من صديق كان يعلمها ويدربها على فهم كثير من الأمور برؤية مختلفة، ولكنها لم تكن تدرك أن الله دائمًا يعطي وقت المنع، فهو القابض الباسط، ما منع إلا وأعطى، ودومًا يأتي عطاؤه أوفر مما نطلب.

انتهت من قراءة آخر صفحة في الكتاب الساحر.. هكذا أسمته، وهكذا شعرت بسحره يتغلغل إلى قلبها.. إنها ليست «قواعد العشق الأربعون» ولكنها «قواعد السحر الأربعون».. لا تعلم لماذا ساقها القدر لقراءة هذا الكتاب بالذات في هذا الوقت.. ولكنها أحبت الكتاب وأحست أنه رسول.. نعم رسول جاء إليها بعدة رسائل وليس رسالة واحدة.. أحبت شمس التبريزي وتمنت أن يبعث الله لها شمسها كما بعث للرومي، وأن يسكن في منزلها كما سكن في منزل الرومي، وتحادثه لساعات دون ملل كما كان يقضي ساعات طويلة مع الرومي.. تمنت أن تكون رومي آخر.. تمنت أن يدرب روحها كما درب روح الرومي، فطارت وعلت، وارتفعت فوق كل القواعد والقيود... أطلق روحه ليكون هو مولى الحب ومعلمه للبشر.. نعم إنه جاء ليعلم الرومي قواعد أربعين، ولكنها كانت قواعد لفك كل القيود التي تقيد العشق داخل مكان أو زمان.. حتى وإن كان هذا المكان هو القلب، والزمان هو الدنيا.. العشق يحتاج إلى فضاء واسع لا تحده حدود ولا يُحبس داخل صدر.. إنها قواعد لإطلاق الروح في ملكوت الله غير عابئة بكل القيود الدنيوية الزائلة.

تمنت أن تعيش نفس التجربة حتى وإن كانت في الأحلام.. علها تخبره ألا يخرج في ذلك اليوم حتى لا يُقتل.. علّه يبقى حيًّا حتى

زمانها، فتقابله وتعيش معه التجربة.. ولكن من هي لتغير وتصنع؟ إنها لا تملك إلا التمني والخيال!

جلست تنظر من خلف شباكها الواسع.. حدثت نفسها، أو حدثته، لا تدري، ولكنها قالت:

ـ طب يعني ولا إنت ولا شمس! أنا أعمل إيه دلوقتِ؟! مش لو كنت عايش كنت خدت بعضي وجيتلك وقلتلك شوفلي حل في موضوع شمس ده! ولَّا يمكن كنت خدتك تعيش معايا وناديتك بـ«شمس».. ولَّا يمكن تيجيلي النهارده وجايبلي شمس معاك.. مش هترد عليَّ بَقه وتقولي أنا هنا أهوه وشمس معايا؟ يلَّا رد عليَّ!

نهضت من أمام شباكها الواسع على الفضاء، وذهبت لتنام وبداخلها أمل بزيارة من صديقها العالم، ولكن هذه المرة زارها صوت في أذنها.. كان الصوت يقول: «كن أنت شمسي.. كن أنت شمسي ورفيقي وأنر لي طريقي».

فتحت عينيها بسرعة وكأنها سوف ترى شمس.. ولكنه لم يكن شمس.. كان صديقها العالم.

هي: الحمد لله إن حضرتك جيت النهارده.. متهيألي لو كنت استنيت لبُكرة كنت أنا إللي هاجيلك.. يلَّا نبتدي بَقه على طول وما نضيعش وقت علشان أنا المرَّة دي عندي أسئلة كتير.

هو: يا سلام! إيه مفيش صبر خالص؟!
هي: «وَكَيفَ تَصْبِرُ عَلَى ما لَم تُحِطْ بِه خُبْرًا».

هو: يعني إنتِ ارتضيتِ خلاص إن النهاية تبقى زي نهاية قصة سيدنا موسى مع سيدنا الخضر من أولها!

هي: لا والله، أنا بس قصدي إن الصبر على الأمور المجهولة بيبقى صعب.

هو: علشان كده يُوفَّى الصابرون أجرهم بغير حساب.. اسألي يا ستي وأنا أجاوب.

هي: الأسئلة كتير، بس بعد الجملة إللي حضرتك صحتني عليها ما اقدرش ما اسألش، قصدك إيه بـ«كن أنت شمسي»؟

هو: أنا سمعت زيي زيك، بس ده ما كانش كلامي!

هي: يعني إيه؟!

هو: يعني ده هاتف بيرشدك لحاجة أو لحد.. هو إنتِ مش كان نفسك تعيشي تجربة شمس التبريزي مع الرومي.. أهو الهاتف بيدلِّك إن مش ضروري شمس التبريزي هو يبقى شمسك.. ممكن حد من زمانك وهتقابليه في يوم من الأيام يكون الرفيق والمدرب وحامل المصباح وينير لكِ الطريق.

هي: هو فعلًا المفهوم ده اتقال في آخر الكتاب، «مع موت كل شمس تبريزي يُظهر شمس جديد في عصر مختلف باسم مختلف».

هو: الله ينور عليكِ.. بس برضه الكاتب قال إنه إذا وجد شمس فأين لنا برومي.. أنا أعتقد إن الحصول على التلميذ المناسب أصعب من الحصول على المعلم.. وإن كانوا في المجمل جزءًا لا يتجزأ لنجاح التجربة وإطلاق الروح لعالم اللاحدود

في ملكوت الله.. هو فيه طائر يطير بجناح واحد؟ لازم جناحين!

هي: بس أنا أعرف إزاي إن المعلم ده هو شمسي؟ وأوصله إزاي؟

هو: تاني؟! هو إنتِ إللي بتوصلي؟! هو إنتِ بتعملي لنفسك حاجة أصلًا؟! ولا أي حد في خلق الله بيعمل لنفسه حاجة؟ ده كله بأمر الله.. حرفين «ك» و«ن» كن فيكون.. لما ربنا يأذنلك هتعرفيه وتوصليله ويوصلِّك.

هي: تصدق حضرتك عندك حق، ربنا هو إللي هيبعته طبعًا.. بس أنا أتأكد إزاي إن هو شمسي؟

هو: لما شمس وضع الرومي في اختبار الذهاب للخمارة وشراء الخمر وحتى عندما طلب منه أن يشرب الخمر، الرومي اتصرف إزاي؟

هي: طاعة كاملة.

هو: فرق كبير بين الطاعة والتسليم.. الرومي كان واثق إن شمس مش ممكن يعرضه للوقوع في الرذيلة أو الخطيئة.. وإنه سوف يتدخل في الوقت المناسب.. حرر روحه من سيطرة العقل.. لما تحسي بالتسليم الكامل والتام للمعلم تأكدي إن ده شمسك.

هي: بس دي حاجة صعبة أوي.. إن كانت صعبت على سيدنا موسى مع سيدنا الخضر مع إن سيدنا موسى نبي، والأنبياء أصحاب عزم وموصولين بالله، يبقى إزاي البشر العاديين ممكن يقدروا؟

هو: سيدنا موسى وسيدنا الخضر موضوع مختلف.. سيدنا موسى لم يستطع أن يصمت على ما يخالف شريعة الله من أفعال سيدنا الخضر لأنه نبي ومكلف وحامل رسالة، وسكوته على ما يخالف وحي الله له لا يناسب الأنبياء والرسل.. لكن الرومي لم يكن نبيًّا، ولم يكن يوحى إليه، وشمس أيضًا لم يكن يفعل ما يخالف شرع الله.. بالعكس كان يغير نظرة الرومي إلى الأمور كي يراها بحب ورحمة كما يحبنا الله أن نراها، وليس من خلال نظرة دنيوية قاسية كما يرى البشر.

هي: أعتقد يا دكتور إنها حاجة صعبة أوي.. بس في نفس الوقت أعتقد أن تعطشي لإطلاق روحي لتسبح في ملكوت الله ممكن يخليني أحاول.. لكن هاقدر ولا لأ ما أعرفش.. دي مرتبة عالية جدًّا عليَّ.

هو: الحب يا رشا.. الحب هو المفتاح إللي بيفتح كل الأبواب ويعدي كل الحواجز.. الحب هو إللي ممكن يخلي أي حد يعمل أي حاجة وهوَّ قلبه مطمئن ومرتاح.. لازم تحبي شمسك، مش علمه بس.

هي: ده نفس الكلام إللي قاله شمس.. إن العشق ينقل البشر إلى مستويات روحانية أعلى من كل مستويات البشر العادية.

هو: الله يفتح عليكِ.. ده بالظبط إللي حصل مع سيدنا رسول الله ورفيقه الصديق أبو بكر.. سيدنا أبو بكر أحب الرسول صلى الله عليه وسلم حبًّا جمًّا، حتى إنه لم يعد للعقل مكان في علاقتهما.. فوصلت الثقة والتسليم إلى أعلى الدرجات،

وعند الإسراء والمعراج عندما عجزت قريش عن تصديق المصطفى عليه الصلاة والسلام أنه أُسري به، لم يجد الصديق ذلك صعبًا على الإطلاق، وقال: «إن كان قد قال ذلك فقد صدق».. في أكتر من كده حب وثقة وتسليم؟

هي: ياااه يا دكتور.. هوَّ لو الثقة والتسليم ده ما كانش لسيدنا محمد عليه الصلاة والسلام سيد الخلق يبقى ممكن يبقى لمين؟! وبعدين إحنا فين وسيدنا أبو بكر فين؟!

هو: إللي يقرأ القرآن من على السطح، ويقف عند حدود الألفاظ، هيقول كلامك ده، لكن إللي يغوص في المستويات الأعمق للمعاني والرسائل الربانية يلاقي رب العزة بيقول غير كده: ﴿ هُوَ ٱلَّذِى بَعَثَ فِى ٱلْأُمِّيِّـۧنَ رَسُولًا مِّنْهُمْ يَتْلُوا۟ عَلَيْهِمْ ءَايَٰتِهِۦ وَيُزَكِّيهِمْ وَيُعَلِّمُهُمُ ٱلْكِتَٰبَ وَٱلْحِكْمَةَ وَإِن كَانُوا۟ مِن قَبْلُ لَفِى ضَلَٰلٍ مُّبِينٍ ۝ وَءَاخَرِينَ مِنْهُمْ لَمَّا يَلْحَقُوا۟ بِهِمْ وَهُوَ ٱلْعَزِيزُ ٱلْحَكِيمُ ۝ ذَٰلِكَ فَضْلُ ٱللَّهِ يُؤْتِيهِ مَن يَشَآءُ وَٱللَّهُ ذُو ٱلْفَضْلِ ٱلْعَظِيمِ ﴾. يعني في ناس في كل الأزمنة سوف يزكيهم الله ويعلمهم الكتاب والحكمة.. دي كلها هبات وعطايا من الله يا رشا.. إنتِ هتقولي للرزاق يعطي مين ويعطي ليه ويعطي إمتى؟ ده فضله هو وحده.. ﴿يُؤْتِى ٱلْحِكْمَةَ مَن يَشَآءُ وَمَن يُؤْتَ ٱلْحِكْمَةَ فَقَدْ أُوتِىَ خَيْرًا كَثِيرًا﴾.

هي: سبحان العاطي الوهاب.

هو: مظبوط، هوَّ وحده العاطي والوهاب.. ولا شمس التبريزي ولا جلال الدين الرومي ولا أي حد غيرهم.. كلنا رُسل

محملين برسائل من رب العزة، نوصلها ودورنا بينتهي ويبجي غيرنا.. فما تعلقيش قلبك غير بالله ورسوله.

هي: مظبوط.. لا حول ولا قوة إلا بالله.

هو: تمام.. لا حول ولا قوة إلا به.. افتحي قلبك لربك وكلميه واطلبي منه المدد.. هتلاقيه سبحانه بيطبطب عليكِ وبيبعتلك مدد بلا عدد.. ده مفيش أكرم منه.. قوليله يا رب أنا باحبك ومحتاجالك، وشوفيه هيقولك إنه بيحبك إزاي، وشوفي المدد الإلهي وجماله.

في نفس اللحظة جاء موعد صلاة الفجر.. وكأنها رسالة ورد لها.. فهمت الرد الإلهي الذي جاء واضحًا وصريحًا: الله أكبر.. الله أكبر.. أشهد أن لا إله إلا الله.. أشهد أن محمدًا رسول الله.. حي على الصلاة.. حي على الفلاح.. الصلاة خير من النوم.. الله أكبر.. لا إله إلا الله.

استشعرت معاني الأذان بشكل مختلف هذه المرَّة، وانتبهت إلى ترجمة الرسالة.. إنها خطة موضوعة من رب العالمين: ١ ـ التوجه إلى الله. ٢ ـ الاعتصام بالله ورسوله. ٣ ـ الدعاء. ٤ ـ العمل بجد واجتهاد. ٥ ـ توجيه النفس للعودة دائمًا إلى الله وحده. ٦ ـ طلب المدد من رب العالمين. ٧ ـ قيام الليل للدعاء وتلقي الواردات الإلهية. وبعد أن اطمأن كعادته بوصول رسالته إليها، عاد صديقها العالم إلى عالمه، وتركها في مناجاتها مع الله.. تركها تبدأ بفك أول قيد من قيودها الدنيوية.. قيد الاكتفاء بالمعروض.

تركها تبدأ رحلة تحرير روحها العطشى للطيران.. تركها تكتشف

أنها كي تنطلق لتسبح في ملكوت الله كما تصبو وتطمح روحها، فإن عليها أولًا أن تعي أن لها جناحين تستطيع الطيران بهما للبحث بعيدًا في عوالم الله.. ولكن يجب عليها أولًا فرد أجنحتها في الفضاء الواسع، وإلا كيف تطير وتحلق وهي حبيسة مقيدة داخل عقلها، داخل عالم الأجساد والدنيا؟ هل يا ترى سوف يكون هو شمسها ومعلمها؟ هل سوف يدرب روحها على الطيران؟ هل سوف تبدأ رحلتها؟ هل سوف تسري قواعد السحر الأربعون في روحها كما سرت في روح الرومي؟ هل هناك شمس آخر سوف يقوم بهذه المهمة، وينتهي دور صديقها العالم مع ذلك الهاتف الرباني الذي وصلها؟ ترى من هو الذي سوف تقول له: كن أنت شمسي؟ من حامل المصباح ومضيء الطريق؟

سؤال لن تكف عن التفكير في إجابة له.. إنها حقًّا بضع كلمات هُمست برقة في أذنها، ولكنها وضعتها بقوة على أول طريق البحث والتنقيب عن شمسها، ولن تهدأ حتى تجده أو يجدها ويدربها ويعلمها كيف تطلق روحها تسبح في عالم اللاحدود.

عادت هي أيضًا إلى عالمها، ولكنها عودة مختلفة.. عودة فيها ولادة للحرية بداخلها.. إحساس جديد لم تشعر به من قبل.. شعرت في صدرها ببرودة جميلة، وكأن أحدًا فتح باب قلبها الذي كان مغلقًا لسنين طويلة وحبيس سيطرة عقلها، فتح الباب على مصراعيه.. لا بل نزع الباب نزعًا وترك قلبها لا تحده حواجز.

وجدت نفسها تقول: «إلهي ومولاي اجذبني بقوةٍ إليك، فأنا ما عدت أطيق البعاد.. مجذوبة أنا من مجاذيب عشقك، وكيف لي

ألا أهوى إلهي وأُجن في هواه.. إلهي أنت الحبيب الذي أشهد أنك وحدك لا شريك لك في القلب والروح والفؤاد».

كانت تردد بقلبها كلمات لا تعلم من أين أتتها، ولكنها كانت معبرة عما يحمل قلبها من حب واشتياق، كانت تُملى عليها الكلمات من قوة أكبر منها.. قوة العشق الإلهي والإلهام الرباني.. تلك القوة التي نقلتها من مستوى العابد إلى مستوى العاشق في المناجاة.. شعرت أنها تريد فقط أن تخبر ربها أنها تحبه.. تريد أن ينطق لسانها بكل كلمات الحب لخالق الحب، وتشهد له بذلك فقالت: «اللهم إني أشهدك وأشهد ملائكتك وحملة عرشك وجميع خلقك أني أحبك».

وجدت نفسها تردد دعاء حبيبها المصطفى عليه الصلاة والسلام لربه، ولكن بكلمات أخرى.. من لقنها تلك الكلمات؟ لا تدري.. ولكنها كانت تعلم من أرسل الملقن.. أغمضت عينيها وقالت بكل حب: «ربي إليك أشكو حبي ورقيق قلبي ووحشة الشوق إليك.. أنت ربي ورب المستضعفين في الحب.. إلى من تكلني! إلى بشر يحمل قلبًا مثل قلبي! كيف لي في حبك والشوق لوصلك ألا أبالي! ولكن رحمتك هي أوسع لي.. أعوذ بنور وجهك الذي أشرقت له الظلمات أن تنير قلبي بنورك، وأن ترحم شوقي بوصلك.. لك العتبى حتى ترضى ولا حول ولا قوة إلا بك».

مضت الأيام صعبة عليها بعد أن أيقنت أن صديقها العالم لن يزورها ثانيةً، انتظرته أيامًا وأيامًا ولكن كان قد وقع في قلبها أنه أنهى مهمته معها، وأنهى مرحلة في حياتها أو في رحلتها، وأن هناك صديقًا آخر أو رفيقًا جديدًا سوف يرافقها في رحلتها ويحمل لها المصباح وينير الطريق كما همس لها الهاتف برقة في أذنها.

كانت الأيام طويلة والنوم عزيزًا، والتفكير أو الفكر يلازمها: من هو شمسي؟

أصبحت تنظر إلى كل من تقابله شاردة ومحدثة نفسها: «ترى هل أنت شمسي؟».

لم يعد يشغلها سوى شمس ومن يكون؟ ومتى سوف تقابله؟ وكيف ستكون التجربة؟

أسئلة كثيرة تدور برأسها، كل يوم يمر يزيدها حيرة وتعلقًا وبحثًا ولكن دون جدوى!

قررت أن تنشغل علها تكف عن البحث، وترتاح قليلًا من الحيرة

التي أعيتها وشغلت تفكيرها.. تأخذ نفسًا عميقًا وتعود مرة أخرى للنظر في الوجوه باحثةً عن شمسها.

كانت تستهويها كثيرًا الأشعار الصوفية ورقص الدراويش والتنورة.. حتى الأغاني المصرية القديمة ذات الأشعار العميقة المعنى، كان لديها شغف بها.. كانت تسمعها كلها، وكأنها تقال في حب الله ورسوله.. كانت تشعر بكل معاني الحب والعذاب والهجر والفراق واللوعة والاشتياق ولكن لله الواحد الأحد.

سمعت عن حفلات رقص التنورة في الغورية، قفزت الفكرة إلى رأسها فورًا: أنا أروح أتفرج على التنورة وأتبسط وأرجع أنام مرتاحة، وأشيل فكرة شمس دي من نافوخي على الأقل النهارده.

ذهبت إلى الغورية لأول مرة في حياتها.. رأت مصر القديمة ومذاقها العتيق.. رأتها مثل قطعة الأنتيك القديمة النادرة.. ليست أجمل الموجود ولكنها أغلى من كل موجود.

وجدت ذلك المكان في الزاوية البعيدة كما تحب دائمًا أن تجلس.. وحدها وبعيدًا.. غير عابئة بأحد، وكأنها في هذا الكون وحدها.. أخرجت هاتفها المحمول من حقيبتها لتغلق الجرس وتستمتع بالموسيقى والرقص دون إزعاج، ولكن يبدو أن الإزعاج آتٍ آتٍ.. جاء ذلك الصوت مخترقًا هدوءها الذاتي:

هو: لو سمحتِ، الكرسي ده بتاع حد ولا ممكن أستعمله؟

رشا: لا، اتفضل خده مش بتاع حد.

هو: لا، حضرتك ما فهمتنيش.. أنا مش هاخده، أنا هاستعمله هنا.

رشا: هنا إزاي؟ مش فاهمة حضرتك!

هو: هوَّ حضرتك حاجزة كل الكراسي دي؟!

رشا: لا.

هو: بالظبط.. أنا كنت باستأذن في القعود مش في أخذ الكرسي. أحست بحرج شديد.. إنها تتصرف وتفكر كما تتعامل النساء في المجتمعات البدائية مع الرجال.. ذلك الانطباع الخاطئ والشكوك حول محادثة أي رجل مع أي امرأة.. بالطبع هناك هذا النوع من البشر، لكنه بالتأكيد ليس النوع الوحيد للبشر.. فهناك بشر يحادثون بعضهم البعض دون رغبات ملتوية أو خطط مسبقة.

«وبعدين هوَّ الراجل عمل إيه؟ ده بيستأذن بأدب، علشان يقعد في مكان عام.. مش تكبري بَقه ولَّا هتفضلي ساذجة كده طول عمرك؟!»

هكذا حدثت نفسها وكأنها أم تُؤنب ابنتها على تصرف غير لائق.

وقررت أن تكبر بالفعل، وتطرد تلك الأفكار من رأسها، وتتصرف بشكل متحضر فيه نضوج.

التفتت إليه وقالت:

ـ معلش لو كنت اتصرفت معاك بطريقة بايخة، بس أصلي أول مرة آجي هنا وما أعرفش إن ده عادي.. أنا آسفة!

ـ أبدًا، خالص، مفيش داعي للأسف.. مفيش حاجة خالص!

مد يده اليمنى للسلام عليها وأكمل:

ـ أنا اسمي براء.

مدت يدها للسلام:

ـ وأنا رشا.. براء؟ صح كده ولَّا أنا سمعت غلط؟

ـ لأ صح.. عادي، ده الرد الطبيعي لما أي حد بيسمع اسمي لأول

مرة.. هوَّ غريب أنا عارف بس بصراحة باحبه.. وأنا صغير كان بيضايقني علشان المدرسة وتريقة العيال.. إنتِ عارفة المصريين يموتوا في التريقة.. بس لما كبرت واشتغلت عمل لي فرقة فحبيته.. أصله لايق على نوعية الأغاني إللي باغنيها.

ـ إنت مغني؟

ـ ده أكتر رد ممكن يحبط أي فنان على فكرة!

ـ أنا آسفة بجد! مش قصدي والله! بس أصلي ما باسمعش أجنبي علشان كده تلاقيني مش باعرفكم.

ـ وده بَقه تاني أكتر رد محبط.. لأني ما باغنيش أجنبي أساسًا.. أنا كل أغانيَّ عربي.

ـ بجد أنا مش عارفة أقولك إيه.. أنا مش هاتكلم خالص.. أقولك حاجة.. أنا أصلي بطلت أسمع المغنيين الجداد من أيام التسعينيات.. يعني عمرو دياب آخر عهدي بالأغنية الشبابية.. قديمة أوي صح؟ أصل أنا ذوقي مختلف شوية.. يعني العيب فيَّ مش فيك!

ـ مختلف إزاي؟! بتحبي تسمعي إيه؟

ـ باحب أسمع فيروز ومحمد منير، طبعًا همَّ دول المطربين المفضلين بالنسبة لي.. بس أكتر نوع أغاني باحب أسمعها صوفي بلا منازع.. وأندر جراوند.. مصري قديم يعني بس بأصوات جديدة.

ـ رشا، إنتِ عارفة أنا مغني إيه؟

ـ إيه؟

ـ أندر جراوند وصوفي.

ـ بصراحة مش عارفة أقولك إيه.. بس بجد فعلًا المشكلة فيَّ مش فيك.. أنا إللي ما باحضرش حفلات كتير.. علشان كده تلاقيني معلوماتي على أدي.. مش أنا قلتلك إن دي أول مرة آجي الغورية؟ شفت بَقه؟! صدقتني؟

ـ على فكرة عادي.. إنتِ ليه خدتِ الموضوع على قلبك أوي.. أنا ولا مشهور ولا يحزنون.. ده همَّ شوية ناس إللي بيحضروا حفلاتنا وبيعرفونا.. مش جمهور كبير يعني.. لكن الغالبية العظمى ما يعرفوش أصلًا يعني إيه أغاني صوفي ولا أندر جراوند.. يعني إنتِ تمام أوي.

تنفست بارتياح محدثة نفسها: «الحمد لله.. ده إيه الإحراج ده!».

براء: بعد إذنِك هاقوم أجيب أصحابي علشان مش شايفني.

رشا: اتفضل.

حدثت نفسها: «إيه ده بَقه؟ أصحابه، وأكيد هنتعرف وألاقي نفسي قاعدة وسط مجموعة شباب ما اعرفهاش وأنا الست الوحيدة! أنا هاخد بعضي وأروح أدور على أي شلة بنات أحشر نفسي وسطهم قبل ما يرجع!».

براء: إنتِ رايحة فين؟ دي التنورة هتبتدي.

رشا: لا مش رايحة، بس كنت هاتمشى شوية، زهقت من القعدة.

براء: الدنيا هتتزحم.. خليكِ. خليني أعرفك على أصحابي: روح، ونور. أعرفكم على رشا.. لسه متعرفين دلوقتِ.

لم تكن أسماؤهم فقط هي الجميلة والغريبة.. ولكن مظهرهم

كان مختلفًا أيضًا.. براء كان يبدو في منتصف الثلاثينيات.. كان له وجه أسمر جميل بملامح مصرية صميمة، وعينين بنيتين لامعتين لمعة ساحرة.. شعره كان كثيفًا وطويلًا بالمقارنة بأطوال شعر الرجال المعتادة.. كان يبدو كعارض أزياء ذي أصول أفريقية اختلطت بأصول عربية، فزادت سحره الأفريقي سحرًا عربيًا، وأنتجت وجهًا مميزًا يصعب تحديد أصول ملامحه الفعلية.. كان ضئيل الجسم نوعًا ما.. يتحرك بخفة وسرعة.. كان له ذلك النوع غير المألوف من المظهر والملبس، يختلف عن أي شخص عادي، حياته بعيدة عن أجواء الفن والفنانين.

نور على العكس تمامًا من تركيبة براء.. نور كان يبدو عليه الوقار والهدوء.. وبدا أكبر سنًا من براء.. كان يبدو في بداية الأربعينيات.. وبرغم أن مواصفاته الشكلية كانت إلى حد كبير كلاسيكية ـ وتقريبًا كان لا يميزه سوى تلك اللحية الخفيفة ـ إلا أن شيئًا غير تقليدي كان يحيط بهذا الرجل التقليدي الملامح والمظهر، وكأن هناك هالة نورانية تكسو جسده بالكامل وتضيء وجهه بالذات.. تُرى مَن يكون هذا الرجل؟ مَن يكون هذا الذي لا يميز مظهره أو ملامحه أي شيء مختلف، ولكن وجوده في حد ذاته يشعر الموجودين حوله بأن هناك شيئًا جد مختلف؟

لم تستطع أن تتجاهل ذلك الإحساس بالإعجاب الذي قفز إلى قلبها وعقلها وربما اخترق روحها عندما وقعت عيناها على روح.. تمنت ألا يكون قد انعكس ذلك على تعبيرات وجهها.. فكيف لشخص أن يعجب بشخص بهذه القوة، وهو حتى لم يتبادل معه أبسط

الكلمات؟ شعرت أن لروح شخصية مخترقة للقلوب.. أحست أنها إنسان مختلف وجميل وقريب من القلب ومثير للإعجاب بشدة.

كانت روح تقترب سنًّا من براء عنها من نور.. كانت تقريبًا في منتصف الثلاثينيات أو ربما تزيد قليلًا، ولكنها بالقطع ليست في أواخرها.. فما زالت لمعة عينيها تشع بهاءً وسحرًا كما لو كانت فتاة في مقتبل العمر.. كانت روح معتدلة القامة، رشيقة، ذات شعر أسود داكن متموج، ينسدل فوق كتفيها بحرية.. كانت ذات بشرة خمرية فاتحة، وعينين سوداوين.. ملامحها الدقيقة المحددة كانت كأنها مرسومة بريشة فنان.. جمالها لم يكن يخضع للمقاييس الأنثوية الشائعة والمتعارف عليها في المجتمعات العربية، ولكنها كانت جذابة.. جذابة جدًّا.. كان لها حضور وبريق لا يمكن تجاهلهما.. أنفها الدقيق كان كأنف طفل، وكانت دائمة الابتسام بنعومة ورقة.. كلما ابتسمت ظهرت تلك الغمازة في خدها الأيمن.. غمازة واحدة فقط.. الخد الأيسر لم يحظَ بغمازة أخرى مثل الخد الأيمن. فكرت رشا أن كل الناس، إما أن يكون لديهم زوج من الغمازات أو لا يكون لديهم على الإطلاق. لكن روح كانت تختلف عن كل الناس.. كان وجود الغمازة الواحدة بمثابة إعلان للعوام عن وجود كيان مختلف.. كيان اسمه «روح»!

لم تكن روح ترتدي أي إكسسوار من تلك التي ترتديها السيدات عادة.. كان واضحًا أن هذا الجسد يرفض أي قيد، حتى لو كان من باب الزينة.. لا حلق، ولا سلسلة، ولا خاتم، ولا إسورة، ولا حتى ساعة.. بدت كما لو أنها وصلت للتو من عصر مختلف.. عصر مبهج

حر لا قيد فيه.. حتى ملابسها بدت مختلفة، كانت ترتدي فستانًا أقرب إلى الجلابية إلا أنه كان مختلفًا شكلًا وموضوعًا عن الجلابية النسائية العادية.. كان رداء طويلًا يجسد جسدها الضئيل من أعلى، وينسدل بنعومة ووسع فياض يغطي باقي الجسد الجميل، ويعطيها حرية في الحركة، مليئًا بزركشة وألوان ونقوش يصعب تحديد أصلها أو ملمحها: هل هي رسومات عثمانية، أم كتابات كوفية، أم هي مجرد نقوش ليس لها معنى معين، غير أنها جميلة مثل صاحبتها؟ كانت تحمل حقيبة نسائية كبيرة الحجم.. لم تكن من تلك الماركات التي تلهث النساء لاقتنائها.. كانت فقط حقيبة نسائية من الجلد الطبيعي ذات لون أحمر داكن كالنبيذ.. ولكنها كانت مثل صاحبتها جميلة لأنها هي التي تحملها ومتميزة لأنها بالقرب منها.

أول سؤال خطر في رأسها كان: هل روح هي زوجة نور؟ أم هي صديقة براء؟

وإن لم يكن أي من الاحتمالين، فما العلاقة التي يمكن أن تربط هؤلاء الثلاثة ببعضهم؟

فضول لا يمكن تجاهله.. التفكير في هذه التركيبة البشرية يفرض نفسه بقوة على رشا.

فبدأت التحليل كأي سيدة مصرية تدس أنفها في أمور غيرها: لا مش ممكن تكون صديقة براء. أولًا، شكله صغير عليها أوي.. وبعدين براء ده شكله طاير كده، ومن الحفلة دي للحفلة دي.. فنان بَقه ومش بتاع رابطة وجواز وعيال ومسؤولية. طيب نور؟ متهيألي ممكن... بس ده مفيش دبلة في إيده! يعني هيَّ إللي فيه دبلة في إيدها؟

إيه بَقه الحيرة دي؟! ما يخلصوا بَقه ويقعوا بلسانهم ويقولوا همَّ يقربوا لبعض إيه قبل ما الفضول ياكلني! الله، وإنتِ مالك؟ ما تسيبي الناس في حالها.. مش إنتِ أصلًا بتتضايقي من الناس إللي بتعمل كده، بتعملي زيهم ليه بَقه؟ اسكتي خالص وملكيش دعوة واتفرجي على التنورة وبس.

فعلًا بدأت الموسيقى وبدأ الراقصون يستعرضون مواهبهم في الرقص، وأنارت الكشافات الألوان الصارخة للتنورات.. تعالت أصوات الحاضرين كلما أبدع أحد الراقصين بإحدى الحركات.. فمنهم من يصفق، ومنهم من يثني عليهم بكلمات الثناء والتشجيع، ومنهم من يكتفي بالابتسام والإعجاب في صمت.

كانت رشا من هؤلاء المبتسمين المعجبين في صمت، ولكنها بمرور الوقت أصبحت أكثر ارتياحًا.. فبدأت تصفق كلما أبدع أحدهم بحركة أعجبتها.. وبنهاية العرض وجدت نفسها تعلق قائلة: الله الله، وهي تصفق، بل وتنظر مرة إلى روح متبادلتين نظرات انبهار بالراقصين، وتنظر مرة إلى براء الذي كان يقف ويصفق ويثني عليهم بصوت عالٍ.. كانت تعليقاته كلها مرحًا ممزوجًا بالثناء على الراقصين، حتى إن أحد الراقصين ضحك ونظر باتجاه براء بعد واحد من هذه التعليقات الجميلة. على عكس نور الذي كان يجلس بكل وقار ويصفق ويكتفي بتمتمات قد لا يسمعها غيره.

أما روح فكانت تتمايل برأسها كلما انتشت بالموسيقى وأداء الراقصين، وكانت تصفق أغلب الوقت تصفيقًا رقيقًا وكأنها تضبط إيقاعًا خاصًا بها.. إلا أنها كانت عندما تعجب بإحدى الحركات

البارعة من الراقصين تهب واقفة وتصفق بقوة، وربما تطلق إحدى صيحات الإعجاب لتزيد من حماس الراقصين فيبدعوا أكثر وأكثر. انتهى العرض، ووقف الجمهور يصفق، وبدا المكان مزدحمًا وأكثر ضجيجًا بأصوات الحاضرين وحركاتهم للخروج.

قال نور بصوت هادئ موجهًا كلامه إلى روح ورشا:

ـ خلونا نستنى شوية لما الزحمة تهدى علشان نعرف نخرج براحتنا.

براء: بس شوفتوا النهارده كان مزاجهم عالي إزاي؟ إيه الجمال ده؟

روح: أنا أصلًا كنت متسلطنة وبارقص مكاني وأنا قاعدة.. يجننوا.

براء: عجبوكِ يا رشا؟ كنت شايفك مبسوطة.

رشا: أوي! بصراحة ما كنتش فاكرة إني هاتبسط كده.

روح: ما دام حسيتِ إنك عايزة تيجي هنا يبقى لازم تتبسطي.. لو النوع ده من الحفلات مش هيبسطك ما كانش قلبك جابك.

رشا: عندك حق.. كان متهيألي ممكن أزهق علشان لوحدي.

براء: أهو ربنا بعتنا ليكِ يا ستي أهو علشان ما تبقيش لوحدك.. في أحلى من كده صحبة؟

رشا: لأ مفيش.. بجد أنا اتبسطت إني اتعرفت عليكو.. أنا لازم أمشي علشان أنا مروحة لوحدي، والوقت كده هيتأخر.. خليكو براحتكو إنتو.

نور: لو سمحتِ خليكِ دقيقتين وإحنا نوصلك.. ما ينفعش تمشي لوحدك في الوقت ده، وكمان الدنيا زحمة أوي والباركينج بعيد.

أحست أنها لا تستطيع أن تقول شيئًا يعارض كلام نور.. كانت لشخصيته هيبة وتسبغ حمايتها على الجميع وليس عليها وحدها.. كما أن روح وبراء لم يعارضاه ولم تبدُ عليهما أي ملامح امتعاض من فرض السيطرة.. وبدا أن التسليم كان هو الملمح المميز والعامل المشترك لعلاقة براء وروح بنور، كلٌّ على حدة.

انتظروا قليلًا، ثم مضوا معًا إلى ساحة انتظار السيارات.. كانت رشا صامتة تكتفي بالابتسام والاستماع إلى حوارهم.. فهم أيًّا كانت العلاقة بينهم ـ والتي لم تكتشفها بعد ـ يعرفون بعضهم جيدًا، ولديهم تلك الخصوصية في العلاقة.. أما هي فمجرد شخص جمعها القدر معهم في نفس المكان، وبانتهاء الحفل سينصرف كل منهم من حيث أتى.

قالت روح لرشا وكأنها سمعت ما يدور بخاطرها:

ـ رشا، تحبي تيجي معانا حفلات تانية؟ إحنا بنحضر مع بعض حاجات حلوة كتير وأنا حابة إنك تيجي معانا.. هتتبسطي أوي.

فرحت رشا بالعرض المقدم من روح، فهي لم تكن يومًا جريئة في العلاقات.. ولم تتخيل نفسها قَطُّ تطلب من روح هذا الطلب.. إنه في عرفها تطفل وفرض لنفسها على الآخر.

«ولكن روح جميلة وبسيطة في كل شيء.. أحست بذلك فقالته بكل بساطة، ولم تعبأ لمثل أفكاري التي ترهق العلاقات أكثر مما تمتعها.. أنا هاوافق». هكذا حدثت نفسها.

رشا: طبعًا أكيد أحب.

روح: طيب اديني نمرة موبايلك وأنا هابقى أكلمك.

تبادلتا أرقام الهواتف، ومدت رشا يدها مصافحة براء ونور، وشاكرة لهما توصيلها للسيارة.. ثم مدت يدها مصافحة ومبتسمة لروح قائلة:

ـ أنا مبسوطة أوي إني اتعرفت عليكِ.

ابتسمت لها روح وفتحت ذراعيها واحتضنتها برقة قائلة:

ـ أنا إللي اتبسطت أكتر بيكِ.. خلي بالك على روحك.

نظرت رشا إلى روح في عينيها الجميلتين، وقالت لها وهي تعني تلك الكلمات بالفعل وليس مجرد رد لبق:

ـ إنتِ كمان خدي بالك من نفسك.

ركبت سيارتها ومضت وهي سعيدة فعلًا.. سعيدة برقص التنورة.. سعيدة بروح.. سعيدة بصحبة لم تكن في الحسبان.. نوعية جديدة من البشر لم تختلط بمثلها من قبل.. كانوا مختلفين عن أصدقائها.. لم تتحدث كثيرًا معهم، ولم تعرف عنهم الكثير.. بل لم تعرف سوى ما أخبرها به براء عن نفسه، قبل وصول روح ونور، لكنها شعرت أنهم مختلفون شكلًا وموضوعًا.. شعرت بارتياح في قلبها، وشعرت بنقاء نفوسهم وجمال أرواحهم المختلفة.. اعتادت دائمًا أن تتبع قلبها في الحكم على الناس.. نعم هي تعطي العلاقات وقتًا أطول من المعتاد، كي تتأكد من صدق إحساسها، ولكنها شعرت هذه المرة أنه لا تردد ولا بطء في التأكد من مشاعرها.. شعرت بانجذاب شديد لروح وشغف في التقرب منها.. ترى من تكون تلك الروح؟! ومَن هو ذلك النور؟!

«أنا حبيتهم ليه؟ وبعدين روح إللي تجنن دي بتقولي أنا اتبسطت

أكتر بيكِ! اتبسطت بإيه إن شاء الله؟ ما أنا واحدة زي ملايين الوحايد! دول حتى ما يجوش جملتين على بعض إللي اتكلمناهم مع بعض! هيَّ مش شايفة الجمال إللي جوَّاها بينط من عينيها إزاي؟! فعلًا الجمال جمال الروح، ودي روحها زي القمر.. وجمالها مخليها شايفة كل حاجة جميلة زيها.. دي فعلًا اسم على مسمى روح، وهي روح شفافة نقية.. اوعدنا يا رب».

لم تتذكر ولو للحظة شمس ولا صديقها العالم.. لم تستطع أن تكف عن التفكير في هذا المثلث الساحر طوال طريق عودتها.. نجحت الأرواح الثلاث الساحرة في صرف تفكيرها عن البحث عن شمسها، ولكنها لم تجعلها تنساه.. فقط لم تعد مجنونة شمس كما كانت قبل تلك الليلة.. لم تكف عن التفكير في روح.. تلك الروح التي اخترقت روحها بقوة ورقة في آنٍ واحد.. ترى هل سوف تصبر على شغفها في القرب منها، وتنتظر حتى تتصل بها روح لتدعوها لحفل آخر؟ أم ماذا سوف تفعل بنفسها؟ وماذا لو لم تتصل روح وكانت تلك العزومة مجرد مجاملة رقيقة من شخصية جميلة؟ ولكنها كانت على يقين أن رابطًا ما يربط بينها وبينهم أو بين روحها وأرواحهم.. شعرت أن هذا الرابط سوف يجعلها تراهم مرة أخرى، بل مرات.

حدثت نفسها: «لا، أنا متأكدة إنها مش عزومة مراكبية.. روح هتكلمني وهاشوفها تاني وهاتكلم معاها.. أنا حاسة بكده، ومش بس هيَّ، لا ده نور وبراء كمان.. أيوه أنا حاسة إني أعرفهم من زمان أو اتقابلنا مع بعض قبل كده.. إيه بقه إللي بيحصلي ده؟ أنا هاطلع

من شمس أقع في روح ونور وبراء؟! أنا غالبًا اتجننت رسمي.. يا رب الطف بيَّ».

ظلت تفكر بهم إلى أن وضعت رأسها لتنام.. أغمضت عينيها وهي مبتسمة، وحدثت ربها بكلماتها المعهودة البسيطة التي اعتادت أن ترددها كل يوم في قلبها: أنا باحبك أوي يا رب.. أنت حبيبي.. يا رب أشوف سيدي وحبيبي المصطفى النهارده... وأسمع صوته ويلمسني بإيده الطاهرة الشريفة.. اللهم صلِّ على سيدنا محمد، السابق للخلق نوره، والرحمة للعالمين ظهوره، صلاة لا غاية لها ولا منتهى، عدد من مضى من خلقك ومن بقي، وعلى آله الأطهار وصحابته الأخيار وسلم تسليمًا كثيرًا.

٣

مرت الأيام تلو الأيام ولم تتصل روح.. لم ترد رشا أن تكون هي من يتصل.. فقد كان تبادل أرقام الهواتف شبه مشروط بالاتصال للدعوة لحضور الحفلات معًا.. وفيما يبدو أنه لم تكن هناك أي حفلات في الأيام الماضية.. كيف تقحم نفسها على شخصية هي لا تعرفها حتى إن كانت منجذبة لها كل هذا الانجذاب؟

ولكن أخيرًا ارن هاتفها المحمول، وظهر اسم روح على الشاشة.. التقطت الهاتف سريعًا وردت على المكالمة التي طال انتظارها.

روح: رشا، إزيك، أنا روح.

رشا: أهلًا روح، إزيك إنتِ.

روح: أنا حلوة الحمد لله.. وحشتيني.

رشا: إنتِ كمان وحشتيني أوي.

روح: طب ما كلمتنيش ليه لما أنا وحشتك؟

تفاجأت رشا بالرد وصمتت برهة.. ثم قالت:

ـ عندك حق.. بس أنا قلت يمكن إنتِ مشغولة ولَّا حاجة.

٣٥

ـ وحتى لو مشغولة يا ستي أفضالك.. هوَّ مش الأصحاب ليهم
حق على بعض؟

تفاجأت ثانيةً بردها وحدثت نفسها: «أصحاب؟ إيه الجمال ده؟
أصحاب من ساعتين قعدنا فيهم جنب بعض وما اتكلمناش كمان؟».

رشا: طبعًا أصحاب.

روح: قوليلي.. إنتِ فاضية دلوقتِ نشرب قهوة مع بعض؟

تفاجأت ثالثًا.. ولكنها ردت سريعًا:

ـ طبعًا.. فين؟

أنهت المكالمة، وأسرعت ترتدي ملابسها متلهفة لرؤية روح.

وصلت رشا إلى ذلك المقهى المطل على النيل بالزمالك،
فوجدت روح قد وصلت قبلها وتجلس في تلك البقعة البعيدة،
والشمس مسلطة عليها وكأنها كشافات مسرح تلقي بإضاءتها القوية
على نجوم العرض، لتبرز حضورهم وتشد انتباه الحاضرين لهم..
وقفت لحظة تتأملها قبل أن تلحظ روح وصولها.. كانت تشعر أن
السماء تعلن أن هذه الروح ليست من العامة.. إنها شيء مختلف..
مضت رشا إليها ومدت يدها مصافحة روح، فقابلتها روح بأذرع
مفتوحة وابتسامة رقيقة وضمتها إليها، وكأنها تريد أن تقول لها إن
السلام بالأيدي للأرواح الغريبة التي لم تلتقِ من قبل ونحن لسنا
غرباء.. ربما ليس في هذا الزمن ولكننا تقابلنا معًا واجتمعنا من قبل.

جلستا معًا تحت أشعة الشمس التي تسلطت عليهما وعكست
إحساس كل منهما تجاه الأخرى، وكأن كلًّا منهما تحمل مرآة توجهها
باتجاه أشعة الشمس، لتعكس ذلك الاتصال الروحي القوي بينهما في

صورة نور، معلنًا عن وجود شيء مختلف في هذه البقعة من الأرض، في هذا الوقت بالذات.. لافتًا انتباه الناظر إليه بقوة.. ليعلم الملأ أن هاتين الروحين تربطهما علاقة قوية بعضهما ببعض.

روح: إيه ده؟ أخيرًا شفتك! أنا من يوم التنورة بادور على يوم رايق علشان أشوفك ونقعد ونتكلم بس ربنا ما أذنش غير النهارده.

رشا مستغربة هذا الفيض من المشاعر ومبتسمة:

ـ الحمد لله.. أنا كمان كان نفسي أشوفك أوي.

روح: كل حاجة بميعاد، مش كده؟ اللقا نصيب.. وإحنا نصيبنا نتقابل يوم التنورة، لكن نقعد ونتكلم النهارده.

رشا: الله! كلامك حلو أوي يا روح.. فيه شبه منك.

روح مبتسمة:

ـ شبه مني إزاي؟

رشا: مش عارفة، بس إنتِ كلك على بعضك مختلفة.. في الأول كنت فاكرة إن شكلك ولبسك وحتى اسمك بس همَّ إللي مختلفين، بس دلوقتِ اكتشفت إنك كلك على بعضك مختلفة.

روح: أنا ما كنتش كده خالص.. إنتِ لو كنتِ شفتيني من خمس سنين بس كنتِ ما تصدقيش إن أنا نفس الشخص.

رشا: معقول للدرجة دي؟

روح: وأكتر.. أنا اتغيرت تمامًا.. مش من بره بس.. لأ.. أنا كل حاجة فيَّ اتغيرت وبقيت مخلوق تاني.. لما بافكر أنا كنت

إزاي وبقيت إزاي باقول: يا سلاااااام، أُد كده إنت بتحبني يا رب؟ أصل ربنا ده جميل أوي.. حتى أكتر مما عقولنا ممكن تتصور ولَّا تحط لجماله حدود أو خط.. ده هوَّ إللي خلق الورد والقمر والبحر أبو شط.. وهوَّ إللي ملون ريش الطاووس بألوان ملهاش وصف ولا حد.. يبقى جماله هوَّ شكله إيه؟ أكيد لا بيتقاس ولا بيتعد.

رشا: إيه ده يا روح إنتِ إزاي بتتكلمي كده من غير ما تقري من ورقة؟ ما شاء الله عليكِ.. كلامك طالع كله جميل وموزون كأنه شعر.

روح مبتسمة:

ـ ده مش كلامي.. مش باقولك جماله لا بيتقاس ولا بيتعد!

رشا: بجد أنا أول مرة أشوف حد بيرتجل وهو قاعد كده عادي.. إنتِ فنانة.. مش كده؟

روح مبتسمة:

ـ فنانة إزاي؟

رشا: فنانة زي براء.. بتغني يعني؟

روح: لا خالص.

رشا: يبقى أكيد كنتِ عايشة بره مصر أو فيكِ نص خواجاتي.. ما هو أصل التركيبة دي ما تجيش غير من كده!

روح ضاحكة:

ـ أبدًا.. أنا مصرية مية في المية، وعمري ما عشت بره مصر خالص، وأهلي مصريين حتى النخاع.. مش بس كده، أنا كمان متعلمة

في مدارس عربي، واتخرجت من جامعة القاهرة.. يعني مفيش أي شبهة خواجاتي في الموضوع خالص.

رشا: طب يا تلحقيني يا ما تلحقينيش، لأن أنا الفضول بياكل فيَّ حاليًّا وهاموت وأعرف إيه إللي حصلك وغيَّرك كده زي ما بتقولي؟

روح: كل حاجة بوقتها يا رشا.. هاعرفك حكايتي وإيه إللي غيرني، بس دي قصة طويلة ومحتاجة تحضيرات كتير قبلها.

تحضيرات إيه! وإذا لم تكن روح ترغب بالبوح لها بقصتها فلماذا إذن أخبرتها أن هناك قصة من الأصل؟ أنبت رشا نفسها على اقتحامها خصوصية روح وسؤالها عن قصة تغيرها.. لا عجب أن روح لم تخبرها بتفاصيل القصة.. فمن يريد أن يحكي عن حياته لشخص متطفل يقحم نفسه في أول لقاء على حياة الآخرين، ويسأل أسئلة عن حياتهم الخاصة بدون وجه حق؟ هي نفسها قد تتراجع ولا تفصح عن تفاصيل حياتها الخاصة لشخص بهذه المواصفات، حتى وإن كانت تشعر تجاهه بالارتياح الذي شعرت به تجاه روح.

حاولت رشا تدارك الموقف:

ـ إنتِ بتشتغلي إيه يا روح؟

روح: أنا باشتغل عند نفسي حاجات كتير أوي.. تقدري تقولي مصورة فوتوغرافية شوية.. رسامة أوقات.. شاعرة لو أمكن.. ولسه الله أعلم فيه إيه تاني.

رشا: أصدق طبعًا.. مش قلتلك فنانة؟ بس كل الحاجات دي بتشتغليها مع بعض إزاي؟

روح: دي بَقه أحلى حاجة في الموضوع.. أنا قعدت سنين أشتغل مصممة في شركات دعاية كتير بس ما قدرتش أكمل.. حكاية إني كل يوم الصبح أروح أقعد على مكتب وأصمم حاجات مطلوبة مني، كان إحساس بيخنقني.. وكل ما أتخنق أمشي وأسيب الشركة وأروح أتعلِّم حاجة جديدة.. مرة اتعلمت تصوير فوتوغرافي.. ومرة درست تاريخ إسلامي.. ومرة طقت في راسي أتعلم لغة عربية.. ما هو إزاي أبقى مسلمة وما أعرفش لغة عربية مظبوط.. كل مرة كنت بادرس فيها حاجة كنت باحس إني طايرة فوق في السما جنب العصافير واليمام.. وكل ما أحس إني باعلى لفوق كنت أرفرف أكتر بجناحاتي يمكن أعلى زيادة وألمس السحاب في يوم من الأيام.. إنتِ عارفة السحاب ده عامل زي إيه؟ عامل زي غزل البنات.. في حد ما يحبش غزل البنات؟

رشا: يا سيدي!

روح: آه والنبي زي ما باوصفلك بالظبط.. هوَّ ده إللي كان بيحصل معايا.. لغاية ما قعدت مع نفسي مرة وقلت: طب يعني هو إنتِ غاوية خنقة؟ ما تعملي إللي بيبسطك وعيشي مبسوطة على طول.. بلا شركات بلا وظيفة بلا وجع قلب.. اعملي إللي إنتِ بتحبيه وبس.. وآديني أهو باعمل كده.. أرسم أي حاجة تعجبني.. آخد بعضي وأطلع أسوان ولَّا سيوة ولَّا أتمشى في شارع المعز أصور الوشوش والشوارع

والجوامع القديمة أو أي حاجة تعجب عيني.. ينور في دماغي كلمتين أكتبهم، ألاقيهم في الآخر عملوا بيتين شعر حلوين أتبسط بيهم.. فيه أحلى من كده عيشة؟

رشا: معقول بالبساطة دي؟

روح: هيَّ أصلًا بسيطة وإحنا إللي بنعقدها!

رشا: أيوه، بس الشغل في الشركات بيعمل نوع من الأمان المعنوي والاستقرار النفسي.. ده غير الأمان المادي طبعًا.

روح: بالنسبة لي ما كانش بيعملي أي استقرار نفسي! بالعكس كان بيتعبني زيادة، وكان عامل زي الحمل إللي طابق على صدري.. لكن الأمان المادي كان الحاجة الوحيدة إللي عطلت قراري وأخرت اعتزالي الوظيفة.. كل ما كنت أتخنق أقول لروحي: طب هتعيشي إزاي يا روح؟ هتصرفي منين؟ بالذات إن في مجالنا التجربة والبعد بتبقى مغامرة.. المصممين لما بيبعدوا عن المجال بتاعهم حتى لو شوية صغيرين، ده بيدي فرصة للولاد المصممين الجداد يدخلوا ويثبتوا نفسهم، لأنهم طبعًا بيبقوا زي العيش الصابح.. أحلى وأطعم.. كلهم طاقة وأفكار جديدة وإبداع!

رشا: فعلًا مشكلة.. طب اتغلبتِ عليها إزاي؟

روح: ما اتغلِّبتش.. في وسط حكايتي إللي هاحكيهالك في يوم من الأيام.. وبعد ما ابتدت حاجات كتير تتغير فيَّ واحدة واحدة من غير ما أحس.. لقيتني باقول لروحي: إيه ده؟ هو إنتِ وحشة أوي كده يا روح من جوه؟ فيها إيه لما الولاد الجداد

يطلعوا وياخدوا فرصتهم وياخدوا مكانك كمان؟ هوَّ أصلًا مكانك؟ هوَّ مش مكان حد.. هوَّ مكان فاضي بييجي حد يشغله شوية. ياخد منه ويديله يمشي وييجي ويجي غيره.. عايزة تفضلي ماسكة في حاجة مش بتاعتك من الأصل؟ لا وكمان مش حاباها ولا مبسوطة فيها! لقيت نفسي باسيب الشغل وأنا مرتاحة على الآخر.. لا وكمان نفسي أدور على كل المصممين المتخرجين جداد وأساعدهم يلاقوا شغل وأرشحهم لأصحاب الشركات إللي أعرفها!

رشا: الله يا روح! إنتِ بجد زي ما بيتقال حلوة من بره وجوه.. مفيش ناس كتير ممكن تفكر بالطريقة دي.. إزاي عرفتِ توصلي للإحساس ده؟ إحنا كلنا في الدنيا بنبقى ماسكين ومكلبشين في حاجات وهيَّ زي ما إنتِ بتقولي كده مش بتاعتنا.. لكن بنفضل ماسكين ومتبتين كمان علشان شوية أسباب معلقانا بيها.. بس أقولك حاجة؟ متهيألي إنتِ يمكن كان عندك دخل تاني خلاكِ تحسي بنوع من الاستقرار المادي فشجعك على قرارك.

روح مبتسمة:

ـ خالص.. ولا دخل تاني ولا أي نوع من الاستقرار المادي.. مش باقولك دي كانت من أكتر المعوقات إللي واقفة في وشي.. بس وحياتك ربك لما يريد الصعب بيتهوَّن على رأي منير.

رشا: إنتِ بتحبي محمد منير زيي؟ دا أنا باموت فيه!

روح: أنا عارفة إنك بتحبيه.. أنا باحبه زيك بالظبط!

استغربت رشا رد روح: عارفة منين؟ ولكن تعطشها لإكمال الحديث لم يجعلها تتوقف كثيرًا عند هذا السؤال، فقالت:

ـ قصدك إنك ما كانش عندك دخل تاني تعيشي منه!

روح: كل إللي كان معايا قرشين في البنك كانوا فاضلين من شغلي ما يكفونيش ست شهور على بعض بأسلوب حياتي إللي أنا كنت عايشاه.

رشا: طب عملتِ إيه؟ ده إنتِ جريئة أوي إنك تغامري بنفسك كده!

روح: بالعكس أنا ما غامرتش خالص.. أنا سلمت روحي للي خالقها، تعيش زي ما هوَّ خالقها، مش زي ما الناس عايزاها تعيش.. مش هوَّ إللي خالقها؟ يبقى لازم هيهديها ويوريها طريقها فين ومنين.

رشا: سبحان الله!

روح: أول ما ابتديت أفكر بالشكل ده لقيت حاجات كتير فيَّ بتتغير، الحاجات دي فرقت في ميزانية مصاريفي بنسبة مش قليلة.. لقيت نفسي بابطل سجاير، ومن غير أي معاناة.. بقيت متضايقة من اللبس بتاعي وحاسة إني عايزة ألبس حاجة تريحني أكتر ما تكون ماركة وغالية وتعجب الناس.. حتى الأكل، ما بقتش نفسي تهفني على حاجة خالص، وأشبع من أي حاجة والسلام.. ومش بس كده، لأ ومبسوطة كمان.. فعرفت إن ربي عايزني كده.. بصيت لنفسي لقيته حررني من كل الشهوات دي في وقت قصير

أوي، ومن غير ما أطلب منه حتى.. حررني من غير ما أتعب ولا أحس ولا حتى أعرف إني باتحرر منها.. فيه قديسين ورهبان بيهجروا حياة المدن وبيروحوا يعيشوا في الصحرا علشان يحرروا روحهم من شهوات الدنيا دي كلها، وبيتعبوا وبيعانوا وبيطلبوا العون من الله.. منهم إللي بيقدر ومنهم إللي ما بيقدرش.. أنا بَقه قدرت من غير ما أبعد ولا أعاني ولا حتى أطلب منه المساعدة.. هوَّ لوحده وهبهالي الوهاب.. حرر روحي من غير ما أعرف إنها كانت مسجونة.. ولما خرجت بره سجني قلت مش ممكن أدخله تاني! اتنفست بجد مش علشان آخد أُكسجين أعيش بيه، اتنفست علشان أشم ريحة هوا ربي في الكون، اتنفست وشميت بجد ريحة الحرية، ما هو أصل الحرية لها ريحة بجد مش بس كلام، هواها يدخل جواكِ تحسي في صدرك وكأنك بالعة عُشرُميت باكو نعناع، حاجة كده بتفتح كل الحاجات المقفلة بالترابيس والبيبان، تفتحها وتسيبها مفتوحة زي بلكونة بحري على الكورنيش ساعة العصاري في اسكندرية في عز الصيف.

صممت رشا منبهرة.. نعم، صممت منبهر جمالًا ومُخترق حِسًّا.. وجدت دموعها تسيل وهي مبتسمة.. كلام روح لم يكن كلامًا عاديًا.. لم يكن دائمًا شعرًا موزونًا بقافية أو حتى بلغة عربية فصحى طوال الوقت، ولكنه كان مؤثرًا.. كان يشبهها كثيرًا.. مزيج من العامية الجميلة مع الفصحى البسيطة مغلف بمسحة روحانية واضحة..

لم تعرف توصيفه في دنيا الشعراء والكُتاب.. إذا كان زجلًا أو نثرًا أو سجعًا أو أي مسمى آخر.. ولكنه كلام يدخل القلوب دون استئذان.. نعم إنها لغة القلوب.. تصدر من قلب وتتوجه إلى قلب.. لا تمر على محطة العقول، ولا تخضع إلى تقييم.. التقييم الوحيد لها هو الدموع التي تسيل معلنة عن لمس المعنى لآخر بقعة في القلب.. ومع تمام اللمس للقلب كله، تخرج الدموع حبًا وإعجابًا وتأثرًا.. تأثرت رشا بكل كلمة قالتها روح.. إنها قاعدة حياتية للتحرر من قيود مجتمعية واهية.. تقيد البشر في أماكن وفترات زمنية طويلة.. تعساء.. حزانى.. لاهين.. لا يشغلهم سوى كيفية الإبقاء على تلك الأماكن أطول وقت ممكن، حتى وإن كانت ليست مصدر سعادة لهم.. لماذا؟ لأنهم لم يتغلبوا على شهوات الدنيا الزائلة.. شهوات الملبس والمأكل والسلطة والمال.. شهوات مزيفة باهظة الثمن، تلهيهم عن أن لكل منها بديلًا أقل ثمنًا ولكنه أكثر إسعادًا.

شربت رشا قهوتها التي امتزجت بطعم جديد في هذا اليوم.. طعم مختلف للحب.. حب لا يربط بين رجل وامرأة، كما تعود المجتمع في قصر كلمة «حب» على العلاقات بين الذكر والأنثى فقط.. ولكنه حب ربط رشا بروح.. أو بمعنى آخر حب ربط روح بروح.

٤

ظلت كلمات روح ترن في أذنيها طوال اليوم.. خصوصًا تلك الكلمات التي بدت وكأنها نقطة البداية لطريق السعادة الذي سلكته روح.. طريق كان مرسومًا لها مسبقًا، ولكن كان عليها هي أن تجد بدايته وتبدأ أولى خطواته بنفسها.

«أنا سلمت روحي للي خالقها، تعيش زي ما هوَّ خالقها، مش زي ما الناس عايزاها تعيش».

أوضحت لها روح خلال حديثهما أن التحرر الذي تعنيه ليس هو ذلك النوع الذي يجعل صاحبه يحيا حياة بوهيمية فالتة، بل هو تحرر يدور في فلك حب الله، تحرر من الشهوات التي تتعس صاحبها وليس من ضوابط وضعها لنا الله.. كانت المسحة الروحانية في حديثها توضح أنها تحترم قواعد الله.. كانت ترى أن القوانين الربانية تحافظ على بقاء روح الله فينا بكل طهارة ونقاء، وأنها لا تسبب أبدًا إزعاجًا للأرواح النقية المحبة، بل لم تكن تشعر حتى أنها قيود، ولكنها كانت ترى أن هذا هو شكل العلاقة

٤٦

مع الله.. كانت أولى خطواتها على طريقها للسعادة هي تحرير روحها من شهوات الدنيا.

قد تبدو هذه التنازلات والتغييرات نظرية، وصعبة التحقيق، لكن عندما تحدثت عنها روح بدت سهلة ومريحة.. لم تنكر رشا لنفسها إعجابها الشديد بروح وتجربتها، بل تمنت أن تكون لديها نفس القوة والقدرة والظروف على أن تسلك نفس الطريق.. ولكن الموضوع يبدو أعمق من مجرد تغيير المسمى الوظيفي والهيئة الشكلية، وإلا فلِمَ قالت لها في بداية الحديث إنها قصة طويلة وسوف تخبرها بها عندما يحين وقتها؟ إنها حتى لم تذكر إذا كانت متزوجة أم لا.. لكنها أشارت إلى أن إحدى العقبات التي كانت تقف في طريقها، كانت عدم وجود مصدر دخل مادي مستقر للاعتماد عليه.. إذن هي ليست متزوجة من نور.. تُرى ما هي طبيعة العلاقة التي تربطهما؟

أسئلة كثيرة تدور برأسها عن روح، والفضول يزداد ولا يهدأ بداخلها.. هذه المرَّة لن تنتظر حتى تتصل بها روح.. سوف تتصل هي بها وتطلب منها أن يتقابلا ثانيةً.. لقد كسرت روح حواجز التردد في العلاقة بينهما.. ستقابلها وتسمع منها وتجد إجابات لكل الأسئلة التي تدور برأسها، وتكتشف سر انجذابها لروح.. قررت أن تتبع قلبها وتطلق العنان لروحها لتقترب من روح، أو بمعنى أدق تقترب روحها من روح روح.

أصبح كلام روح ملازمًا لرشا في حياتها.. أصبحت تدقق في أحداث يومها، وتعيد تقييمها بناء على أفكار روح.. كلما ذهبت

لتشتري شيئًا وقفت وفكرت: هل هذا الشيء من مكملات حياتي، واعتدت عليه فقط من باب العادة أم هو مصدر سعادة حقيقية لي؟ كان الرد كل مرَّة محيرًا.. حيث كانت حياة رشا على العكس تمامًا من حياة روح.. كانت تحيا حياة معظم سكان القاهرة الكبرى.. حياة تسير وفق أسس ومعايير المجتمع.. كانت أسرتها على قائمة أولوياتها، وبرغم شغفها بالعثور على «شمسها» ومعلمها، وبرغم انجذابها الشديد للكتابة والقراءة في الاتجاه الصوفي، إلا أنها لم تكن قد وصلت بعد للمرحلة التي وصلت إليها روح من التخلي عن الكثير من مغريات الحياة، وفقًا للمعايير المجتمعية المطبقة في حياتها.

ومن ثَمَّ أدركت رشا أن روح التي تبدو رقيقة وبسيطة وراقية، هي في الواقع في قمة القوة كي تستطيع أن تستغني عن كل الأشياء التي أخبرتها عنها، وتستبدل بها بدائل ليست اعتيادية من وجهة نظر المجتمع.

إن هذه القوة ليست قوتها وحدها.. نعم، إنها كما أخبرتها لا بد أن تكون مدعومة من المولى عز وجل.. هو أرادها في هذه الحال، فدعمها وثبتها وخلع من قلبها التعلق بكل ما يشغلها ويعوق وصولها لتلك الراحة أو السعادة.

ما أجمل الحرية.. لقد رأت رشا الحرية رأي العين لأول مرة.. رأتها في روح.

برغم زحمة الحياة إلا أن روح لم تختفِ وسط تفاصيل حياة رشا.. كانت تنهي روتين أعمالها اليومية والتزاماتها تجاه أسرتها سريعًا كي

تفرغ لروح وحديثها.. فحديث روح جذاب مثلها تمامًا، ولا يمكن مقاومته أو البقاء بعيدًا عنه.. لذلك عقدت رشا النية أن تتصل بروح في ذلك اليوم وتطلب لقاءها.

رشا: ألو.. روح؟

روح: لسه كنت هاطلبك!

رشا: القلوب عند بعضها.

روح: الأرواح قابلت بعضها.

رشا: إيه الكلام الجميل ده؟

روح: تسلملي روحك الحلوة.

رشا: على فكرة يا روح، أنا مش باعرف أقول كلام حلو زي كلامك، يا تسامحيني يا تعلِّميني!

روح: يا رشا كلنا بنعلِّم ونتعلَّم من بعض.. إحنا في الدنيا مراسيل!

رشا: الله على الكلام.. أنا متهيألي لو قعدت أسمعك العمر كله وما أفتحش بُقي بكلمة مش هازهق.

روح ضاحكة:

ـ متأكدة.. مش هترجعي في كلامك؟

رشا ضاحكة:

ـ متأكدة.. والدليل كمان إني متصلة بيكِ أعزمك على القهوة.. علشان أسمعك وإنتِ بتتكلمي أهو.

روح: خلاص يا ست الكل.. أنا بارسم دلوقتِ وكنت ناوية أصلي العصر وأخرج أشم شوية هوا.. يعني أُدَّامي ساعة وأخلص.. تشمي معايا هوا ربنا؟

رشا: أشم معاكِ هوا ربنا.. نتقابل في نفس المكان ولَّا تحبي تروحي حتة تانية؟

روح: لا.. تمام نتقابل بعد ساعة ونص.

ذهبت رشا مبكرًا، وجلست في نفس المكان تكتب بعض الخواطر التي وردت عليها مؤخرًا إلى أن وصلت روح، لتخترق بروحها أي حالة تجلٍّ أو إلهام تغتنمها رشا كلما انفردت بنفسها.. فوجود روح في أي مكان هو في حد ذاته إلهام وتجلٍّ لأي مبدع في أي مجال.

روح: بتكتبي إيه؟

رشا: أهلًا روح.. باكتب شوية تخاريف كده، بتجيلي من وقت للتاني.

روح: الله الله الله.. تخاريف عن إيه بَقه؟ أصل أنا باموت في التخاريف واللي يكتبها!

رشا ضاحكة:

ـ أقولك بجد وما تتريقيش؟

روح: أتريق ليه؟

رشا: أصلها غريبة شوية ومش كل الناس بتفهمها.. وإنتِ عارفة المصريين يموتوا في التريقة، لو الموضوع ما جاش على هواهم!

روح: وإنتِ مالك؟

رشا: وأنا مالي إزاي؟ مش هيتريقوا على حاجة أنا كاتباها؟

روح: أيوه.. إنتِ إيه دخلك في الموضوع؟ اللي يتريق.. ليه تخلي طاقته السلبية تأثر فيكِ وتضايقك؟!

رشا: لأنه بيتريق على حاجة تخصني!

روح: جميل.. مش الحاجة إللي تخصك دي عاجباكِ؟ أكيد عاجباكِ وبتحبيها كمان.. يبقى خلي ودنك ما تسمعوش خالص.. ولا كأنه بيتكلم.. زي بالظبط التلفزيون لما تتفرجي عليه وإنتِ قافلة الصوت، هتسمعي حاجة؟ مهما بَقه الممثل اتنطط أُدَّامك ولَّا صرخ مش هتسمعي أي حاجة!

رشا: نفسي أعرف أعمل كده!

روح: هتعرفي.. احكيلي بَقه تخاريفك.

رشا: إنتِ طبعًا عارفة الدكتور مصطفى محمود.. أنا باشوفه وباتكلم معاه.. وباكتب خواطر في الحكاية دي بقالي شوية.

روح: جميل.. سمعيني.

رشا: إيه ده.. ما اتريقتيش؟!

روح: أنا ما باتريقش على حد خالص يا رشا.. حتى لو كان مش عاجبني كلامه ولا حاله.. مين أنا علشان أتريق؟ هوَّ أنا أعرف قلبه شكله إيه؟ مش يمكن قلبه أحسن من قلبي؟ ده ربك رب قلوب.

رشا: الله عليكِ! لو كل الناس تفهم كده، كانت الدنيا بقت أريح!

روح: كلنا فينا الخير والشر يا رشا.. ما هو أنا بني آدم، أصلي تراب مش ملاك مخلوق من نور.. كل ما هنالك إني باتعامل مع الخير والشر إللي فيَّ على إن همَّ شخصين.. لما الخير يشب براسه ألمعه وأبسطه وأسمعه أحلى كلام، علشان يفضل

شابب أطول فترة ممكنة، ويشتغل على أد ما يقدر.. والناس كمان تشوفه تحس بالخير إللي جواهم ويطلعوه، وغيرهم يشوف الخير ويطلع إللي جواه.. وخير أكتر يطلع.
ولما أخينا التاني يشب، أصحى له وأكتفه علشان أقرفه وما يعرفش يشوف شغله.. وهافضل أقرفه لغاية لما أغلبه، والبياض ياكل السواد وما يفضلش ولا فتفوتة.. هوَّ مش ربنا قال: «وَمَن يُوقَ شُحَّ نَفْسِهِ فَأُولَٰئِكَ هُمُ ٱلْمُفْلِحُونَ»؟ أي حاجة تمنع روحك إنها تعمل خير تبقى شُح.. ربنا يكفينا شره ويبعده هو وأصحابه عن سكة أي خير أخضر طارح وطرحه كثير يساع الكل.
رشا: ياه على الجمال! صدقتيني بَقه إني ممكن أفضل أسمعك العمر كله وما أزهقش!
روح: إنتِ عارفة إيه سبب إنك عايزة تسمعي الكلام ده؟ روحك عطشانة له، علشان كده هتفضلي تسمعي لغاية ما ترتوي.. مني بَقه ولَّا من غيري، مش مهم.
رشا: غيرك مين؟! أنا ما أعرفش حد بيتكلم زيك خالص.. ومتهيألي مش هاعرف في حياتي!
روح: لا، هتعرفي.. ويمكن تكوني إنتِ إللي هتقولي.. محدش يعرف!
رشا: أقول إيه؟ ولمين؟
روح: كل حاجة في وقتها هتبان.. المهم احكيلي عن حكاياتك مع الدكتور مصطفى محمود.

رشا: لا، أنا هابعتهملك على الإيميل تقريهم وتقوليلي رأيك.. أنا إللي عايزة أسمعك.. إنتِ المرَّة إللي فاتت قلتِ حاجات كتير خلتني أفكر فيها.. حكايتك إيه يا روح نفسي أعرفها؟

روح: ما تستعجليش.. أنا عايزة أقولك أكتر ما إنتِ عايزة تسمعي.. بس صدقيني كل حاجة لما بتيجي في وقتها بتبقى أحلى.

رشا: أنا آسفة لو كنت باتطفل عليكِ، بس والله أنا عمري ما كنت كده مع حد.. مش عارفة إزاي أنا كده معاكِ!

مدت روح يدها لتمسك بيد رشا وقالت:

ـ ما تتأسفيش.. أنا عارفة ليه.

بدأت رشا تتعود على طريقة روح.. كلماتها التي بها نوع من الغموض.. مصطلحاتها الجميلة وغير المعتادة.. هدوئها النفسي الواضح.

هذا الاعتياد طرد كمًّا كبيرًا من الموضوعات الجانبية التي كانت تدور في عقلها طوال الوقت.. أيضًا هدَّأ من كم التأنيب الكبير الذي كان يقفز في رأسها، كلما سألت سؤالًا أو حتى فضحها وجهها بتعبير ينم عما بداخلها.. أصبحت أكثر ارتياحًا واعتيادًا، وبالطبع حبًّا.. على رأي روح: «ربنا يديم المحبة ويزيدها كمان».

استكملت روح:

ـ لسه كنت في سيرتك النهارده مع براء.. عنده حفلة يوم الخميس وكلمني يقولي أعزمك علشان هوَّ مش هيعرف يوصَّلَك.. إنتِ معانا.. ها؟ عملنا حسابك.

رشا بترددها المعتاد:

ـ إنتو مين بالظبط؟!

روح: أنا وبراء ونور واحتمال حياة مرات نور.

«نور متجوز؟! يعني روح ونور مش متجوزين، ولا حتى بيحبوا بعض؟ إيه بَقه اللخبطة دي؟ يعني روح بتحب براء؟ بس ده شكله صغير أوي عليها! يكون ده كمان من ضمن الحاجات إللي حررت روحها منها؟ تحب واحد أصغر منها؟ يمكن.. إللي يعيش ياما يشوف».. هكذا حدثت نفسها، وعاد يأكلها الفضول إلى أن أفاقت على كلمات روح.

روح: على فكرة.. أنا عارفة إنتِ بتفكري في إيه.

رشا: أنا؟ أبدًا.. هافكر في إيه يعني؟

روح: بصي يا ستي.. أنا هاريحك.. أنا وبراء أصحاب.. أصحاب بجد مش كده وكده.. براء كان من شلة الجامعة إللي صفصفت علينا بس.. صاحب بجد أبرك من عشرة زي قلتهم.. قلبه حتة بفتة بيضا زي عيل صغير، وفي نفس الوقت أرجل من رجالة كتير.. فاكرين الرجولة تخانة صوت وعضلات.. باحبه أد عينيَّ.. لا، أد روحي.. باحس إني لو كنت اتولدت ولد كنت هابقى براء.. لو للأرواح أخوات توأم، كان براء هيبقى توأم روحي.. ما ينفعش يبقى أي حاجة تانية أصله شبه اسمه تمام.. بريء ونقي، عامل كده زي نيل أسوان.. نظيف وجميل، يغسلك كل ما تبصي عليه.. لما يغني تقولي الصوت ده جاي من الجنة.. ولما يتكلم تبقي مبسوطة أوي مش عارفة إزاي.. براء يعني حد كل يوم بالليل

يقولك: «تصبحي على نور وحب وسلام».. براء إللي علَّمني إزاي أقول لأ.. عامل زي حمام الحرم الطاير.. جميل وحر.. متحرم عليه الذبح.. اتخلق بس للطوفان.. محدش يقدر يقربله وهو مسلم روحه للرحمن!

رشا: الله.. فيه حد بالجمال ده؟

روح: أيوه فيه.. براء! إنتِ عارفة حاجة؟ لما بنبقى مع بعض لوحدنا بنبقى عاملين زي ولدين عندهم ١٥ سنة.. ضحك من القلب وكلام ما تبقيش عارفة هيخلص إمتى.. وأي حاجة مجنونة تيجي على بالنا ممكن نقوم نعملها.. ناكل فول من عربية في الشارع أو كباب في مطعم على الرصيف في الحسين.. نروح نزور الأوليا ونصلي وندعي ونغتسل إحنا الجوز.. نضرب مشوار للمعادي علشان بس نقعد أُدَّام النيل ساكتين بالساعات.. نطلع الهرم نركب خيل ونتسابق زي العيال.. أي حاجة تتخيليها بنعملها.. جوه مصر وبره.. بس.

رشا: بس! إزاي!؟

روح: زي الناس.

رشا: طب وأهلك يا روح ما عندهمش مشكلة مع الحكاية دي؟

روح: فاكرة لما قلتلك إن الاستقرار المادي كان مشكلة بالنسبة ليَّ في تجربتي؟ ده سببه إن أبويا وأمي اتوفوا ورا بعض من عشر سنين.. أبويا اتوفى الأول وأمي من حزنها عليه ما قدرتش تعيش من غيره، اتوفت بعده بست شهور.. وأنا

من بعدهم ما فضليش في الدنيا غير جمال.. هوَّ إللي كان متولي كل ماديات العيلة.. ما كانش بيخليني أطلب حاجة.. أنا اتعودت ما أخدش فلوس غير منه حتى بعد ما اتجوزت... يعني ما فاضليش حد من إللي ممكن يوافق أو يعترض.. وبعدين أنا اتربيت إن أهم من الناس ربنا.. إللي ما أحبش ربنا يشوفني وأنا باعمله، يبقى ما ينفعش يتعمل من أصله.

رشا: أنا آسفة يا روح! مش قصدي!

روح: خالص، ما تعتذريش.. إنتِ فاكرة إنك أول واحدة تفكر كده؟ على الأقل إنتِ سألت سؤال مباشر.. غيرك يلمح وفاكر يعني إنه جاب التايهة وهوَّ أصلًا مش فاهم إن إللي بيني وبين براء أكبر وأعمق من أي علاقة حب عادية بين أي راجل وست.. وكل ده علشان إيه؟ علشان إحنا دايمًا مع بعض؟ بنحب بعض صحيح وأوي كمان، لكن هوَّ مين إللي قال إن الحب نوع واحد بس؟ الحب أنواع وأنواع وأنواع.. سبحانه الودود.

رشا: طب بما إنك ما بتزعليش من الأسئلة المباشرة.. إنتِ قلتِ: «حتى بعد ما اتجوزت».. إنتِ متجوزة يعني؟

روح: ومطلقة.. اتجوزت واتطلقت.

رشا: طب أمسك لساني إزاي بَقه وما أسألش؟

روح ضاحكة:

ـ من غير ما تسألي أنا هاقولك.. بصي يا ست الكل.. كنت باحبه وكنت فاكراه كل حاجة في الدنيا.. هوَّ الدنيا وما عليها وأي

حاجة تانية تبقى جنبه صفر على الشمال بما فيهم أنا.. طبعًا عشت سبع سنين مرار.. هوَّ عايش بالطول والعرض وأنا بس مستنية نظرة.. سجن بجد مش مبالغة.. كل حاجة تبسطني تبقى ممنوع ولأ، وأنا طبعًا حاضر وطيب ونعم، علشان بس ألمح نظرة رضا في عينيه.. كان فاضله أغنيله النبي تبسم.. عدم تحمل مسؤولية وأنانية وإهمال وجمود.. ما أفتكرش إنه قالي كلمة حنينة مرة، ولا سألني عن حاجة تخصني، ولا شاركني في حاجة مهمة بالنسبة ليَّ.. أنا كنت بالنسبة له زي الكرافت، حاجة بيكمل بيها شكله، وأول ما يقدر يفكها من رقبته يفكها ويرميها كمان.. كان أهم حاجة عنده وقت ما يحب يخرج يلاقيني جاهزة وأضحك وأهزر.. وقت ما يشتغل أنا مجرد سكرتيرة ومن غير شكرًا كمان.. لو عيان أبقى دكتورة وممرضة.. لكن أنا لو عيانة ما كانش يستحمل حتى يفضل معايا في البيت.. كان ياخد بعضه ويسافر وما يرجعش غير لما أخف وأطيب، ويقدر يستفيد مني.. كل ده كنت مستحملاه، وكان ممكن أفضل مستحملاه لغاية النهارده.. لكن اللي ما قدرتش عليه، إن أهلي يموتوا ورا بعض وهوَّ حتى ما يعزينيش فيهم، ولا يقف ياخد عزاهم.. الفترة دي كانت أعصابي تعبانة وما كنتش باقدر أتحمل تصرفاته زي قبل كده.. انطويت وانعزلت من شدة الحزن.. استنيته يقف جنبي وهوَّ ولا هنا.. مش بس كده، وصلت بيه الأنانية إنه عرف عليَّ واحدة تانية، علشان سيادته عايز يخرج ويروح وييجي ويتبسط.. دي كانت مش القشة اللي قصمت العلاقة، دي كانت السيف

إللي قطع وفتفت أي حاجة بتربطني بيه.. طلبت الطلاق وهوَّ وافق على طول.. كان بس أهم حاجة بالنسبة له إني أتنازل عن حقوقي، لأنه ما بيحبش يخسر.. وفعلًا اتنازلتله عن كل حاجة ورحت عشت في بيت أهلي.

رشا: في حد ممكن يعاملك إنتِ يا روح كده ويعرف عليكِ؟ يا حبيبتي! وراح فين كل الحب إللي كنتِ بتحبيهوله؟!

روح: ما راحش.. فضل موجود يوجع في القلب وربك يطبطب.. لغاية لما صحيت من النوم يوم لقيت ربنا شال كل الوجع وما بقاش في وجع خالص.. بصيت للصورة من بره وقلت إيه يعني! تجربة ربنا حب إني أمر بيها علشان حاجة.. أنا بَقه هاقول مش عاجبني إللي إنت عايزه يا رب؟ مش ممكن.. حبيبي وبيربيني.. أقول إيه غير حاضر؟

رشا: إنتِ إزاي كده؟ إزاي ممكن يكون في حد في قمة الرقة والإحساس وفي نفس الوقت في قمة القوة؟!

روح: لما بتستمدي قوتك من القوي بتبقي قوية بيه.. في حد أقوى منه؟ أكيد لا.. ولما بتشوفيه في كل حاجة حواليكِ بتتعلمي الرحمة والحب والإحساس من الرحمن الرحيم.. مفيش أحن منه علينا.

رشا: سبحان الله.. حد غيرك كان زمانه شايل جوه قلبه حزن وخيبة أمل ويفضل ينعي حظه.. مش يتكلم بالجمال ده!

روح: أبدًا.. أنا أصلي فهمت.. ولما فهمت لقيتني عمري ما كرهته حتى بعد ما سبنا بعض.. ببساطة عرفت إنه كان طارق..

ما هو اسمه كان طارق.. طارق زيه زي غيره من كل إللي طرقوا باب قلبي ودخلوا حطوا نصيبهم من الوجع وطفوا حتة كانت منورة ومشيوا، لغاية الوجع ما بقى في كل حتة.. ولما طفَّى الحزن كل الحتت إللي كانت منورة جوايا، بعتلي النور نوره.. نوَّر كل الضلمة بنور ما يطفيش غير منه.. نور بينور كل حاجة تقرب منه.. نور كده واصل لفوق عنده.. مين بَقه إللي ممكن يطول السما ويطفي النور العالي ده، ولَّا حتى يلمسه بإيده لمسة؟ دا النور نور الهدى، والهدى منه لوحده الحنَّان المنَّان.. مش ربي قال: «نُّورٌ عَلَىٰ نُورٍ يَهْدِى ٱللَّهُ لِنُورِهِ مَن يَشَآءُ»؟ وأهو شاء.. عرفتِ لما قلتلك خرجني من سجني وحررني من قيودي حتى من غير ما أحس إنني باتحرر.. صدقتيني؟

رشا: صدقتك وفهمتك.. أُمَّال مين جمال؟

روح: جمال ده كان أخويا.

رشا: كان؟

دمعت عينا روح وهي تتحدث:

ـ أيوه كان.. جمال ده كان هوَّ كل الجمال في كل شيء أو هوَّ كل شيء فيه جمال.. كانوا بيقولوا عنا: هوَّ «جمال روح» وهيَّ «روح جمال».. لغاية ما صحوني يوم علشان أستلم جثمانه الجميل.. كان كله جمال حتى وهو مقتول.. ربنا اختار إن جمال «جمال» يفضل حي حتى بعد موته.. اختاره شهيد في الجنة.. طلع هوَّ عند ربنا روح وجمال، وفضلت أنا على الأرض روح من غير جمال!

لم تستطع رشا أن تتمالك نفسها.. هل بكت لبكاء روح أم بكت لكلام روح؟ لا تدري.. ولكن وصفها لجمال كان مؤثرًا.. ما هذه الروح الشفافة التي أوجعتها كافة أشكال الحب والفراق والحزن وما زالت تحتفظ ببريقها وتشع جمالًا؟!

قطعت روح أفكارها قائلة:

ـ وياما لسه جاي.. قلبي ياما مر عليه والرحمن يطبطب ويزيح وما يسيبش غير النور.. ما هو اسمه الحي.. يبقى لازم القلوب إللي يسكنها تحس أوي بالفرح والحزن زي بعض، وهوَّ وحده إللي ينور بحبه أي حزن.. هاحكيلك إزاي.. طول ما أنا ماشية له في سكتي بياخد مني حزن ويعطيني نور.. محطات ومشيتها ولسه بامشي كمان.

رشا: أنا مش عايزة أفكرك بحاجة تزعلك زيادة! أنا أصلًا شكلي مش هاعرف أنام النهارده! فما بالك إنتِ بعد ما قلَّبت عليكِ المواجع!

روح: أبدًا، بالعكس.. أنا كل ما بافتكر إزاي كنت بتوجع وإزاي ربي كان بيقلب كل وجع نور.. باقول يا سلام على جمالك يا رب.. ونفسي أحكيلك علشان إنتِ كمان تحسي زيي أد إيه هوَّ أحن علينا من أي حد... هنقول إيه؟ فعلًا الرحمن.. أنا بس عايزة أحكيلك كل حاجة في وقتها.

رشا: خليكِ على راحتك خالص.

روح: أنا مش عايزة أحكي كل حاجة غير في ميعادها مش عشاني، ده علشانك إنتِ.. خليكِ دايمًا فاكرة إن علشان تتبسطي

بأي حاجة في الدنيا لازم تحسي بحلاوتها واحدة واحدة..
اللسان يذوق ويحس ويتبسط، وبعدين ياخد تاني وتاني
وتاني لغاية ما يشبع، وبعدين يجرب حاجة تانية تبسطه
زيادة.. مش كده ولَّا إيه؟! في الصوفية يقولوا: «مَن ذاق
عرف، ومَن عرف اغترف».. يعني شرط المعرفة الذوقان..
ودي كانت من الحاجات إللي اتعلمتها في سكتي إللي
مشيتها ولسه ماشياها.. اتعلَّمت ما أستعجلش النهايات..
أصلها جاية جاية، ولها ميعاد مكتوب تيجي فيه.. يبقى
لازمتها إيه أشغل روحي، وأنا مش هاقدر أغير حاجة؟
أحسن لي أستمتع بالطريق، وأخلي روحي تذوق وتستمتع
بكل محطة فيه، لغاية ما ربي يأذن ويذوَّق روحي ويوريها
النهاية طعمها إيه.. ما هو أصل هوَّ ربها ورب كل موجود..
خلقها وهوَّ أحن عليها من كل مخلوق.

رشا: أهو كلامك الحلو ده إللي بيخليني مستعجلة أعرف.. بس
خلاص مفيش حاجة تتقال بعد كده.. طب ممكن أسألك
هتكمليلي إمتى الحكاية؟

روح: لما رب العباد يأذنلك وتعدي مرحلة الذوقان.. خليكِ
فاكرة كل شيء بأوان...

رشا: لا إله إلا الله.

روح: هنتقابل في الساقية يوم الخميس.. حفلة براء ما تنسيش.
حدثت رشا نفسها: «أنسى إزاي وأنا بقيت باستنى أشوفك
وأسمعك زي ما كان شهريار بيستنى يسمع شهرزاد كل يوم؟!

إزاي هاصبر لغاية المرة الجاية؟! يا ترى هاعرف أذوق زي ما روح قالت؟ يا ترى هاعرف أعمل زيها؟ هيَّ بتتكلم عن كل حاجة مرت بيها بسهولة وبساطة مع إنها حاجات صعبة أوي وعايزة قوة وأنا مش قوية خالص! يا رب ساعدني.. أنا كمان نفسي أحرر روحي ليك.. ساعدني أصبر.. ساعدني أعرف أذوق وأحس زي ما روح بتقول».

قررت أن تدون خطوات روح التي ترويها لها بعد كل لقاء.. كتبت البسملة أعلى الصفحة، ثم العنوان:

بسم الله الرحمن الرحيم
خطى روح

الخطوة الأولى
سلَّم روحك للي خالقها، تعيش زي ما هوَّ خالقها، مش زي ما الناس عايزاك.

الخطوة الثانية
لا تستعجل الوصول للنهايات، استمتع بالطريق، واجعل روحك تتذوق كل محطة فيه.

وضعت رأسها لتنام، وقبل أن تحدث ربها كما هي معتادة.. تذكرت أوجاع روح.. وانتابتها مسحة شجن.. فوجدت نفسها تدعو لروح: «يا رب اجبر كسر قلب روح وفرَّحها.. يا رب أنا باحبها فيك..

إنت عارف أنا باحبها ليه أكيد، حتى لو أنا لسه ما عرفتش.. علشان خاطري اسمع مني وفرَّح قلبها الجميل.. أنا باحبك أوي يا رب وباحب سيدنا النبي.. اللهم صلِّ وسلم وبارك على سيدنا محمد، الذي انشق له القمر وكلَّمه الحجر وأقر برسالته وصمَّم، وعلى آله وصحبه، آمين».

٥

أشرقت شمس يوم جديد، وأشرقت على رشا موجة الحيرة من جديد، بعد أن صرحت لها روح أن نور متزوج.. لم تكن طبيعة علاقة روح ببراء مفاجأة لرشا بقدر ما كانت طبيعة علاقة نور بروح صادمة لها.. فبرغم أنها لم تمضِ وقتًا طويلًا معهم تلك الليلة، ولم تعرفهم من فترة طويلة إلا أنها أحست بذبذبات حب أو على الأقل إعجاب.. ذبذبات تصدر من روح باتجاه نور.. هو أيضًا كان في منتهى الرقة والحماية معها، ولكن لم يكن واضحًا إذا كانت لديه تلك الأحاسيس أم لا.. كانت هالة النور التي تحيط به تحمي ما بداخله من الكشف.. كانت هناك قوى خارقة تحمي ذلك النور وتستر مشاعره من الفضح.. ترى من يكون؟ وهل ذبذبات الإعجاب التي أحست بها تصدر من روح تجاهه، ذبذبات حقيقية أم أنها مجرد أفكار تعودت أن تقفز إلى رأسها كلما رأت رجلًا وامرأة معًا؟

أصبحت دوائر الحيرة أوسع وأكبر وأكثر.. وتزايدت الأسئلة

بعد كل لقاء، على عكس ما كانت تتخيل.. كانت رشا تتصور أنها سوف تهدأ وتخمد بالكلام مع روح.. لم تعد دوائر الحيرة والفضول عن علاقة المثلث ببعضه فقط ولكنها امتدت إلى جمال.. الشهيد الجميل.. أين استشهد وكيف؟ وكيف تحملت روح فراقه وهو كان بذلك القرب والحب منها؟ كيف تغلبت على كل هذه الأحزان؟ متى تمر الأيام وتعرف إجابات أسئلتها الكثيرة؟ متى تخرج من الدوائر التي تلفها يومًا بعد يوم؟

تذكرت النتيجة القديمة التي كانت تقطع منها ورقة كل يوم حتى تنتهي السنة.. تمنت لو أنها تستطيع أن تمسك بالأيام وتمررها بيدها.. تمررها سريعًا وتصل إلى كل الإجابات.

كانت تنتظر يوم الخميس بشغف، يوم تسمع براء يغني لأول مرة، وترى روح، وترى نور وزوجته حياة.. تُرى مَن أجمل: حياة أم روح؟ وهل هناك من هي أجمل من روح على وجه الأرض؟ مفيش حد أجمل من روح! مفيش أي روح أجمل من روح روح.

تُرى كيف سيكون غناء براء؟ تُرى كيف سيكون الحفل بدون وجوده وسط الجمهور مطلقًا تعليقاته المرحة؟ تُرى هل سيكون هو نفسه براء اللطيف القريب من القلب، أم أن براء آخر سوف يفرض شخصيته على المسرح وهو يشدو بالأشعار الصوفية؟

ألحت روح على رشا أن تصل إلى المسرح مبكرًا معها.. كانت روح تدرك أن رشا لن تشعر بالارتياح بوجودها منفردة بدونها مع نور وحياة، فهي لم تتبادل سوى بضع كلمات مع نور يوم رقص التنورة، كما أنها لم تَرَ حياة من قبل.

كانت روح لها ذلك القلب الذي يهتم بالجميع، فبرغم اهتمامها المنصب بقوة على براء إلا أنها لم تنس أن تهتم بارتياح رشا في تلك الليلة.

سلمت رشا على براء الذي رأته بشكل مختلف عن براء الذي رأته يوم رقص التنورة، كان هادئًا، ويتكلم كلمات قليلة، وتبدو عليه مسحة من القلق.

جلست رشا في ركن في غرفة براء، ترقب في صمت واندهاش اهتمام روح ببراء كأنه طفلها الذي يستعد للصعود على مسرح المدرسة.. كانت تهتم بكل صغيرة وكبيرة.. كانت تطمئن أنه ليس جوعان حتى مع علمها أنه لا يستطيع أن يأكل قبل كل حفل بساعات.. ولكنها كانت كأي أم تطمئن أن لا شيء ينقص طفلها حتى ولو كان هذا الطفل في السادسة والثلاثين من عمره.. كانت تحضر له كوب اليانسون بالعسل كما تعود أن يشرب قبل الغناء.. كانت تتفحص ملابسه التي سوف يرتديها على المسرح بعناية.. كانت هي التي ترد على هاتفه المحمول، ولا تدعه حتى يعرف من المتصل.. كانت كأنها تسدل عليه غطاء شفافًا يحميه ويعزله عن كل ما حوله أو يعزل كل ما حوله عنه، ويبقيه هو في حالة من الصفاء والعزلة والتركيز.. كانت رشا تشعر أن براء يدخل بقلبه وروحه في أجواء الأغاني الصوفية.. لم يكن يتعامل معها على أنها مجرد كلمات سوف يشدو بها ويصفق الحاضرون له، ثم يذهب كلٌّ إلى حال سبيله.. كانت له حال تنتابه كلما تغنى بتلك الأشعار.. حال من الارتقاء والسمو الروحي.. حال من القرب والترقي.. كان

يشعر أنه يشدو وسط الملائكة في أعلى الجنان.. وجمهوره من الأولياء والصالحين.

رأته يتوضأ ويجلس يقرأ القرآن ويسبح في هدوء تام.. كان له ورده من الصلاة على سيدنا محمد عليه أفضل الصلاة والسلام.. كانت الساعة الأخيرة قبل الصعود للمسرح كلها روحانيات في حب الله ورسوله.. روح كانت تلازمه حتى تطمئن أنه صعد على خشبة المسرح وبدأ الغناء بارتياح.. كانت تتركه يستعد في عزلته وتهتم هي بكل التفاصيل: الإضاءة، الميكروفون، السماعات، كل شيء.

وصل نور وحياة إلى الساقية، واتصل نور بروح، خرجت روح مصطحبة رشا للخارج لترشدها لمكان جلوسها في الصف الأمامي وتعرفها على حياة زوجة نور وتكسر الحاجز الذي سوف ينتاب أول لقاء بينهما.

روح: رشا، أعرفك على حياة مرات نور.. وحياة، أعرفك على رشا صاحبتي وحبيبتي.

رشا: أهلًا حياة.

حياة: يا أهلًا وسهلًا بحبايب روح.

نور: براء أخباره إيه؟

روح: لسه مع روحه.. عملتله اليانسون بالعسل كالعادة، واطمنت إن الجو حواليه هادي، وسبته بيقرا قرآن وجيتلكو بسرعة وهارجعله على طول.

رشا: شكله متوتر ومش على طبيعته.. فعلًا أحسن تفضلي معاه.

روح: هوَّ أصله ربنا يحميه روحه طايرة، ومتعود إني أبقى جنبه لغاية ما يطلع على المسرح.. أول ما بيبتدي يغني بيبقى في دنيا تانية.. باطمئن عليه وأسيبه في ملكوته، وأنا كمان باروح أسمعه وسط الناس صحيح بس في ملكوتي أنا.

رشا: ربنا يخليكو لبعض.

حياة: إنتِ بتشتغلي إيه يا رشا؟

تتدخل روح:

ـ رشا كاتبة.

حياة: واو! زي نور!

رشا: لا مش للدرجة دي.. إنتِ عارفة روح جميلة إزاي.. أنا باكتب على أدي.. خواطر قصيرة بس.

روح: رشا كاتبة مجموعة خواطر عن الدكتور مصطفى محمود يا نور لازم تقراهم.

نور: فعلًا.. احكيلنا بَقه كاتبة إيه؟

روح: رشا، معلش أنا هاسيبك تحكي عن صديقك العالم وأروح أنا لحبيبي علشان ما أقدرش أتأخر عليه أكتر من كده!

رشا: حبيبك مين؟

حياة ضاحكة:

ـ ابنها البكري يا ستي.. براء.. مش بتقولك لازم تفضل معاه لغاية ما تطلعه على المسرح وتطمئن عليه.

رشا: أيوه أيوه صح.

تمضي روح بعد أن أزالت برقة حاجز اللقاء الأول بين رشا وحياة، ونسجت بنعومة بداية حديث بين رشا ونور.

رأت رشا أن حياة تشبه اسمها.. كانت كلها تفاصيل الحياة بكل ما تحمل الكلمة من معنى.. الملابس الباهظة، والمجوهرات الثمينة، والأحذية ذات الكعب العالي الرفيع، والحقائب الصغيرة التي لا تحمل بها سوى القليل.. إنها الدنيا.. كلها متعلقات صغيرة تغطي على أنقى ما بنا وتشغلنا عن حقيقتنا.. تشغلنا عن النور فينا وتشغلنا عن أرواحنا.

قاطع نور أفكارها وحديثها مع نفسها وتحليلها لحياة قائلًا:

ـ بجد أنا متشوق جدًّا أعرف عن كتاباتك.. أصل الدكتور مصطفى محمود قامة وأنا شخصيًّا من المعجبين بيه جدًّا.

رشا: مش عارفة ممكن يكون رأيك إيه، بس أنا مش باكتب عن الدكتور مصطفى.

نور: أُمَّال بتكتبي عن مين!

رشا: هوَّ معايا في كتاباتي.

نور: بمعنى؟

رشا: بمعنى إني باشوفه وبتكلم مع بعض، وبعدين باكتب إللي حصل والحوار إللي دار بينَّا.

نور: جميل!

رشا مبتسمة:

ـ جميل؟ طب الحمد لله إنك ما استغربتش ولا اتريقت!

نور: أتريق ليه؟ ما أنا كمان باشوف الحلاج وابن الفارض وبنسهر سوا للصبح.

رشا ضاحكة:

ـ الكلام ده حقيقي يا حياة؟ أكيد إنت بتتريق عليَّ! شفت بَقه كان عندي حق إزاي؟

نور: مين بَقه إللي بيتريق على مين دلوقتِ؟

رشا بارتباك:

ـ مش قصدي والله!

حياة: إيه يا رشا؟ إنتِ صدقتِ ولَّا إيه؟ هوَّ ده نور.. بيحب يخلط الجد بشوية هزار.

نور: إنتِ لازم تتعودي على طريقتنا، ولازم تتعودي إن عادي يطلعلك واحد عايز بس يغلس عليكِ ويتريق على إللي إنتِ كاتباه.. مش كل الناس زي بعض.. لازم تتقبلي كل ده بصدر رحب وما يأثرش فيكِ وإلا مش هتعرفي تكتبي ولا حرف.

رشا: عندك حق.. روح برضه قالتلي كده.

نور: أكيد لازم روح تقولك كده.

حياة: متهيألي لازم ندخل.. الأنوار اتطفت.

دخل الثلاثة إلى مقاعدهم، ودخلت الفرقة الموسيقية، ودخل براء.. دخل براء المغني الصوفي، وليس براء الذي تحدثت معه يوم رقص التنورة في الغورية.. أكثر جدية.. أكثر روحانية.. أكثر نضوجًا.. وبالطبع أكثر سحرًا.

بدأ برائعة ابن الفارض:

أُخفي الهــوى ومدامعي تُبديهِ وأُميتُـــه وصبابتي تُحييهِ
ومُعَذِّبي حُلوُ الشَّـمائلِ أهيفٌ قَد جُمِّعَتْ كلُّ المحاسـن فيه
فكأنَّه بالحُسـن صورةُ يوسف وكأنـني بالحُـزن مثـلُ أبيهِ
إن أنكر العُشـاقُ فيك صَبابتي فأنا الهوى وابنُ الهوى وأبيهِ

أبدع فيها براء، وصفق الجمهور بقوة، وانطلقت صيحات الإعجاب فاطمأن واطمأنت روح.. نظر إليها وكأنه يشكرها ويعطيها التصريح بالذهاب والجلوس بين الجمهور.. فذهبت روح بالفعل وجلست بجوار رشا وأكملتا الحفل معًا تستمعان إلى الأشعار الصوفية بصوت من الجنة.. صوت براء الجميل.

كان الجميع في حالة انسجام مع الموسيقى والأشعار الصوفية المخترقة للقلب والروح.. مضى الوقت على رشا وروح وكأنهما في عالم آخر ومنفصلان عن أرض الواقع.. وغنى براء ببراعة للسهروردي والحلاج وابن الفارض.. وختم بأبيات شعر للمتنبي ألقاها بدون موسيقى في إضاءة خافتة وهو مغمضٌ عينيه تمامًا:

أبلِغ عَزيزًا في ثنايا القلبِ مَنزله أني وإن كُنتُ لا ألقاهُ ألقاهُ
وأن طرفي موصولٌ برؤيتهِ وإن تباعد عَن سُكناي سُكناهُ
يا ليته يعلمُ أني لستُ أذكرهُ وكيف أذكرهُ إذ لستُ أنساهُ
يا مَن توهَّم أني لستُ أذكرهُ واللهُ يعلم أني لستُ أنساهُ
إن غابَ عني فالروحُ مَسكنهُ مَن يسكنُ الروحَ كيف القلبُ ينساهُ

ثم سكت لحظة، وقال في الميكروفون وهو مغمض عينيه والإضاءة مسلطة عليه: «روح».

وقف الجمهور تحيةً لبراء مصفقًا بحرارة معلنًا عن إعجابه وحبه.. ووقفت روح أولهم ودموعها تلمع في عينيها المسلطة على براء إعجابًا وحبًا وفخرًا وتأثرًا.. كانت رشا تصفق أيضًا بحرارة، ولكنها كانت تنظر إلى روح في حالة من الاستغراب الممزوج بالإعجاب! ما هذه الروح الجميلة التي امتزجت بأسماء أصدقائها.. كانت روح خليطًا من البراءة والنور وكأنها استمدت من براء براءته ومن نور نوره.. كيف يوجد على الأرض شخص يحب شخصًا كل هذا الحب ولا يتحول في يوم من الأيام إلى ذلك الحب المتعارف عليه بين الرجال والنساء؟

وما الذي قاله براء في ختام الحفل؟ لقد قال: «روح».. هل هو يهدي لها الأشعار التي قالها شكرًا وعرفانًا منه على اهتمامها به قبل الحفل، أم أنه يقول «روح» بصفة عامة ولا يقصدها هي بالذات؟ ربما كان يعني أن أنقى ما فينا أرواحنا، أو ربما قصد أن الأشعار الصوفية تسمع بالأرواح لا بالأذن، أو ربما قصد معنى تطهير الروح أهم من أي شيء في الحياة... معانٍ كثيرة تحملها تلك الكلمة ذات الأحرف الثلاثة.

ذهب الأربعة إلى براء خلف الكواليس ليهنئوه على نجاح الحفل.
روح: يا حبيب قلبي! ربنا يحفظك ويحمي روحك! كل مرة أجمل من المرة إللي قبلها!
براء: يا حبيبتي! أنا من غيرك ما كنتش هاعرف أقول كلمتين على بعض! إنتِ الروح إللي بتحميني!
حياة: يا حبيب الكل إنت! إيه الروعة دي! إنت وديتني في حتة

٧٢

تانية خالص! طب أنا أعمل إيه بَقه؟ أفضل رايحة جاية كده من المغرب لمصر كل ما يبقالك حفلة؟ ما باصعبش عليك؟ تيجيلي إنت مرة في المغرب تغنيلي؟

براء: يا ست الناس، أنا أجيلك على رموش عينيَّ، بس أعمل إيه الإيد قصيرة.. خلي نور يسفرني على حسابه وأنا أجيلك من بُكرة!

نور: ده على أساس إن أنا خلِّفتك ونسيتك؟! ولَّا إنت عشت الدور فعلًا إن روح ماما وعاوزني أنا أبقى بابا ولَّا إيه بالظبط؟! مش كفاية المدام إللي بتيجي مصر بس علشان تسمع حضرتك؟ يعني عايز تنكد على قلبي وجيبي كمان؟! بس بصراحة معاك الحق تعمل أكتر من كده بعد الجمال ده كله! أنا كلي ليك يا فنان! بشرط واحد تبعد عن قلبي!

براء: طول عمرك الكرم كله! ربنا يخليكو ليَّ!

كانت رشا تستمع في ذهول كأنها فعلًا في مكان آخر.. لم تتعود سماع كل هذا الفيض من الكلام الجميل بين الناس في الحياة اليومية.. كانت تنظر إلى روح وهي كلها إعجاب وفخر ببراء بتعجب.. زاد العجب أكثر عندما سمعت لغة الحوار بينهما، وزاد أكثر وأكثر عندما ذكرت حياة أنها تعيش في المغرب وتأتي إلى مصر لتستمع إلى براء! بالطبع كان هناك مبالغة في التعبير، ولكن الكلام كان واضحًا أنها غير مستقرة بمصر.. كيف ذلك وهي زوجة نور؟! هل نور أيضًا مستقر في المغرب وهو الآن في إجازة أو سفرة؟ زاد العجب، ووصل منتهاه عندما خرج نور عن

وقاره ومازح براء أنه يزاحمه في حب حياة.. وكيف احتضنها وهو يمازح براء، وكأنه يخبرها بلغة الأجساد أنها له هو، ولن يزاحمه أحد على حبها حتى وإن كان مزاحًا.. أفاقت نفسها من موجات التعجب التي اجتاحتها بقوة لتعبر هي أيضًا لبراء عن إعجابها وتهنئه بنجاح الحفل.

رشا: بجد كنت هايل يا براء! أداؤك كان تحفة، وصوتك روعة.. فعلًا حاجة جميلة جدًّا!

براء: بجد اتبسطتِ؟ أنا فرحت أوي لما روح قالتلي إنك جاية النهارده! قلت لنفسي على الأقل علشان تصدقني إني مغني بجد وما كنتش باضحك عليكِ يوم التنورة!

رشا ضاحكة:

ـ لا صدقت ما تخافش ومغني جامد كمان!

حياة: طب إيه، مش هنروح نتعشى حمام زي كل مرة في الحسين؟

نور: إللي إنتو عايزينه.. شوفوا عايزين إيه يا حبيبتي وأنا جاهز.

روح: طبعًا هنتعشى حمام في الحسين.. ربنا ما يقطعلنا عادة.. وبعدين حبيبي زمانه جعان.. إنت من إمتى ما أكلتش حاجة؟ من فضلك غير هدومك وتعاللنا عند العربيات.. أنا لميت كل حاجتك وسايبالك الجينز والتيشرت إللي هتخرج بيهم.. يلّا يا روحي.

براء: عشر دقايق وأحصلكم.

كان نور وحياة وروح يتبادلون التعليقات على الحفل وأي الأشعار كانت أجمل وكيف أن براء يزداد نضوجًا مع كل حفل ورشا تمضي

معهم، تضيف تعليقًا قصيرًا أو تكتفي بابتسامة وإيماءات الرأس المعبرة عن الموافقة عما يقال إلى أن وصلوا إلى السيارات.

روح: أنا هاسيب عربيتي واركب مع رشا علشان هيَّ تروَّح بعربيتها بعد كده، وبعدين إنتو توصلوني تاني لعربيتي.. ممكن يا نور؟

قبل أن يرد نور تدخلت رشا:

ـ لا، أنا مش هينفع أخرج معاكو.. معلش أنا لازم أروَّح علشان الوقت هيتأخر.. إنتو اتبسطوا وسلمولي على براء.

روح: فعلًا؟ دا إنتِ هتتبسطي أوي.. كان نفسي تيجي معانا!

رشا: معلش، الجايات أكتر إن شاء الله.

تفتح روح ذراعيها للسلام على رشا كعادتها وتقول لها:

ـ الجايات أكتر وأحلى إن شاء الله.

تبتسم رشا لروح على ردودها التي تأتي دائمًا مختلفة، وتمد يدها لحياة مصافحة إياها:

ـ مبسوطة أوي إني اتعرفت عليكِ!

تصافحها حياة قائلة:

ـ أنا كمان اتبسطت.. لازم نتقابل تاني قبل ما أسافر!

رشا مبتسمة:

ـ إن شاء الله.

ثم تبتسم لنور:

ـ تصبح على خير.

نور: وإنتِ من أهل الخير.. يا ريت بس تطمنينا لما توصلي.

رشا مبتسمة:

ـ حاضر، هاكلم روح.. تصبحوا على خير.

انفصال براء عن نفسه وشخصيته المرحة الخفيفة التي رأتها، وظهور شخصية العاشق المحب الصوفي الذي يشدو بأجمل كلمات الحب والشوق لله.. إنه بالتأكيد ليس تقمصًا لشخصية مثلما يفعل الممثلون لأداء أدوارهم ببراعة، ولكنه بالفعل استحضار لروح تسكن بداخله ويستدعيها عندما يأتي موعد ظهورها.. كم أنت جميل أيها الأسمر الضئيل! كم أنت فعلًا بريء ونقي مثل اسمك! إنك حقًا تشبه حمام الحرم المحرم ذبحه وخُلق فقط للطواف، تمامًا كما وصفتك روح! لقد خُلقت للغناء في حب الله!

ذهبت لتنام وهي سعيدة بتلك الليلة التي أمضتها في الأجواء التي طالما أحبتها.. أغمضت عينيها وهي مبتسمة، وحدثت ربها بقلبها كما تفعل كل ليلة.. ولكنها في هذه الليلة لم تقل لربها كما تعودت «أنا باحبك أوي يا رب» فقط، ولكنها قالت له: «الحمد لله.. اسمحلي أشكرك أوي يا رب إنك بعتلي الناس الحلوة دي.. ما هو أكيد إنت إللي بعتهم.. أنا مبسوطة أوي.. وباحبك أوي أوي، وباحب سيدنا النبي، ويا رب يزورني النهارده علشان فرحتي تكمل وتوصل للسما.. يا رب صلِّ وسلم وبارك على حبيبي سيد الخلق كلهم، المصطفى بدر التمام، ومصباح الظلام، ومفتاح دار السلام، وشمس دين الإسلام، محمد عليه الصلاة والسلام».

٦

أشرقت شمس اليوم التالي على رشا.. وعلى الرغم من أنها أمضت وقتًا جميلًا، سوف يمتد تأثيره معها إلى أبعد من تلك الليلة، إلا أنها ما إن استيقظت حتى بدأت تفكر في حياة.. بدأ الفضول يزحف إليها من جديد.. ليس فقط الفضول، بل والتعجب.. كيف لرجل بمواصفات نور يقع في حب أنثى بمواصفات حياة ويتزوجها ولا يقع في حب روح؟! إن حياة هي النقيض منه تمامًا.. ونقيض روح أيضًا! أين هي من روح البسيطة الجميلة، التي ما إن تنظر إليها حتى تشعر أنها ولدت بالأمس، كل شيء على طبيعته وجمال فطرته، وذوقها السهل الممتنع في الأزياء يزيدها سحرًا على سحرها؟!

أما حياة فهي فارعة الطول كعارضات الأزياء، بملابسها من أفخم الماركات، وبمجوهراتها الباهظة، وحتى بخصلات شعرها الصفراء، لم تقترب ولو قليلًا من سحر روح وجاذبيتها.. إن حياة بالفعل نموذج من سيدات المجتمع الراقي الذي يشد انتباه الرجال

ويلهثون للحديث معهن ويثرن إعجابهم بقوة، ولكن نور ليس مثل كل الرجال، إنه صاحب الهالة النورانية! فكيف له أن ينجذب لما ينجذب له العوام من الرجال؟!

وعلى الرغم من كم المشاعر الفياضة وأجواء الحب بين الأربعة، وبرغم خروج نور عن وقاره المعتاد وإظهار حبه لحياة أمام الجميع، إلا أن رشا لم تستطع أن تتجاهل ذبذبات الحب التي شعرت بها بالأمس بينه وبين روح.. هذه المرة شعرت بتلك الذبذبات من نور أيضًا وليس من روح فقط.. ولكنها تبقى مجرد ذبذبات لا أحد يستطيع أن يجزم إذا كانت حقيقة أم خيالًا.. قررت أن ترقبها إلى أن تتأكد من وجودها أو عدمه.. أما الآن فسوف تتصل بروح لتشكرها على تلك السهرة الجميلة.

رشا: آلو، روح.. إزيك؟

روح: الحمد لله يا حبيبة قلبي.. سباقة دايمًا بالوصل.

رشا: أنا برضه؟ دا أنا بس باحاول أتعلَّم منك.

روح: يا غالية عليَّ إنتِ.. ربنا يديم المحبة ويزيدها كمان.

رشا: إحنا اتفقنا إني مش باعرف أرد على الكلام الجميل بتاعك ده... فلغاية ما تعلِّميني إزاي أرد على الكلام الحلو ده زيك ما تدقيش عليَّ.. اتفقنا؟

روح ضاحكة:

ـ اتفقنا يا ست الستات.

رشا: أولًا، أنا عايزة أشكرك على الليلة الجميلة دي.

روح: تشكريني أنا؟ اشكري براء، واشكري ربنا إللي اداله النعمة

الغالية دي علشان يبسطنا بيها.. شُفتِ صوته عامل إزاي؟
بيوديكِ في حتة تانية خالص!

رشا: مش ممكن بجد.. إللي يشوفه من بره ما يتخيلش إن
روحانياته عالية كده وإنه بالجمال ده!

روح: الشكل من بره مش دايمًا بيدل على إللي جوه الواحد مننا!

رشا: مظبوط.. عندك حق.

روح: طب إيه.. مش هاشوفك؟

رشا: يلَّا.

روح: طب نتقابل النهارده ولَّا مشغولة؟

رشا: أبدًا خالص.

روح: خلاص نتقابل بعد ساعة في نفس المكان؟

رشا: نتقابل بعد ساعة.

كانت السعادة تغمرها كلما عرفت أنها سوف ترى روح.. كانت
خطواتها تسبقها للوصول والوصل بينهما.. كانت تتلهف لسماع
روح وكلامها وحكاياتها كل مرة أكتر من المرة التي تسبقها.. على
رأي روح «يدوم الشوق ويزيد كمان».. وعندما وصلت رشا وجدت
روح في الزاوية ونفس أشعة الشمس مسلطة عليها.. كأنها تجذب
النور إليها أينما كانت.. فتبسمت وأسرعت إليها.

رشا: إيه الجمال ده بس؟

روح: ده جمال روحك إللي شايفة كل الناس جميلة زيها.

رشا: طب أنا أعمل إيه بالذمة؟ يعني باحاول أهو أقول كلام حلو
زيك وبرضه محدش يقدر عليكِ.. دايمًا كلامك أحلى.

روح: وفي هذا فليتسابق المتسابقون.

رشا: الله على الروعة.

روح: ما هي كده فعلًا.. كل ما تطلعي حاجة حلوة هتلاقي إللي زيك بيطلع أكتر وإللي زيه بيطلع أكتر وهكذا وهكذا.. لازم نبقى كده.. ربنا عاوزنا كده.

رشا: اسمحيلي يا روح يعني.. إنتِ إزاي بتدمجي كلام ربنا بحاجات بسيطة في حياتنا بالروعة دي، وإنتِ يعني معلش مظهرك من بره ما يدلش على إنك متدينة على الأقل بالمفهوم المتعارف عليه في المجتمع؟

روح: إنتِ بنفسك قُلتِ المجتمع.. المجتمع بيحط حواجز بينَّا وبين ربنا.. لما شكلكو يدل على أن إنتو بتوع ربنا تبقوا تقربوا لربنا.. مين إللي قال كده.. إحنا ربنا فينا.. جوانا كلنا.. ومفيش حد يقدر يحدد مين قريب من ربنا ولا مين بعيد.. هو أقرب إلينا من حبل الوريد.. نفخته فينا من قبل ما نتولد... أرواحنا كلنا من روح الله.

رشا: أنا عمري ما سمعت حد بيتكلم عن الدين بالبساطة والرقة دي.. بجد يا بختك!

روح: علشان باحبه.. أحلى حاجة في الدنيا يا رشا إنك تحسي بحبك لربنا.. كل الناس بتحب ربنا طبعًا بس إن إحساس الحب يلمس قلبك... ده أحلى إحساس ممكن ربنا ينعم عليكِ بيه.. هوَّ مش إحنا بندعي ربنا ونستعيذ بيه من عين لا تدمع وقلب لا يخشع.. يعني بكلامنا إحنا العادي بنطلب

منه إنه ما يحرمناش نعمة الإحساس.. تخيلي لما تدعي بكده يبقى قيمة الإحساس إيه عند ربنا.. حاجة كبيرة أوي.. ده لو ما كانتش أكبر حاجة.

رشا: برضه نفس السؤال تاني يا روح.. إزاي بقيتِ كده؟

روح: بقيت كده من مجموعة حاجات اتعلمتها وعودت نفسي عليها، ويوم بعد يوم بقت جوه في قلبي، وإللي بيدخل القلب ما بيطلعش غير لما رب القلوب يأذن له.. من الحاجات دي اتعلمت إني مليش دعوة بحد.. وما أشغلش روحي بحد.. وأقبل كل واحد زي ما هو طالما مش هيأثر عليَّ في حاجة.. وما أحكمش على حد: ده بيحب ربنا ولَّا ما بيحبوش، حتى لو في الظاهر بيعصاه.. ببساطة لأني ما أعرفش الشخص ده قلبه شكله إيه.. ولا ربنا أقامه في المقام ده ليه.. ليه كتب عليه المعصية.. مش يمكن بيغمسه في المعاصي أوي علشان لما يسيب كل ده ويقول يا رب يبقى مقامه كبير عند ربنا.. أكبر من أي حاجة أنا أو غيري فاكرين إن قيمتها كبيرة عنده سبحانه وتعالى.. محدش يعرف.. القلوب دي بيوت ربنا.. ومحدش بيبص جوه بيت حد.

رشا: ومين إللي علمك تفكري بالجمال ده؟

روح: هو.. حبيبي.. ربنا.

رشا: أنا فاهمة طبعًا إن دي نعمة من ربنا، بس قصدي مين البني آدم إللي شرحلك الحاجات دي؟

روح: مش كل حاجة بنتعلمها من البني آدمين وبس!

رشا: يعني إيه يا روح؟ مش فاهمة!

روح: صدقتيني بَقه لما باقولك إن كل حاجة ليها ميعاد تتقال فيه علشان تتحس وتتفهم مظبوط.. موضوع مين إللي علمني لسه ما جتش محطته.

رشا: فهمت قصدك.. بس أعمل إيه في نفسي، مستعجلة أفهم الجمال ده وصلتيله إزاي.

روح: الجمال بيتحس مش بيتفهم.. خليكِ فاكرة الموضوع ده، علشان لما تحسي بحاجة حلوة ما تحاوليش تفهميها.. معايير العقول لا تصلح للقلوب.. ودي خطوة مهمة من الخطوات إللي مشيتها في رحلتي.. أو تقدري تقولي أهم خطوة لأني لو ما كنتش سبت نفسي لقلبي كان زماني لسه زي ما أنا ومفيش حاجة اتغيرت فيَّ وعمالة أقيس كل حاجة بالعقل والمنطق وحسابات البشر وبس.. مع إن ربنا خلق لنا قلب زي ما خلق لنا عقل بالظبط.. يبقى ليه نصمم نشغل عقلنا بس ونركن قلوبنا على جنب؟

رشا مبتسمة:

ـ كلامك بيشبه كلام الدكتور مصطفى محمود.

روح: لازم طبعًا.. لأنه طالع من نفس المكان وبيصب في نفس المكان.. القلب.

رشا: يعني البداية بتبقى من أي خطوة؟ تسليم الروح زي ما قُلتيلي أول مرة، ولَّا من النظر للأمور بالقلب؟

روح: البداية بتبقى من عنده مش من عندك.. لما بتتندهي بتبقى

دي البداية.. مش فاكرة كلام دكتور مصطفى ولَّا إيه.. بعدها بَقه كل واحد بيلاقي طريقه.. وكل واحد طريقه بيبقى شكل.

رشا: بتتنده؟! نتنده إزاي؟ ويعني إيه كل واحد طريقه غير التاني؟

روح: برضه كل واحد بيتنده غير التاني.. لكن كلنا بنحس بحاجة اتغيرت فينا وكأن مغناطيس في قلبك بيتشد وإنتِ ماشية وراه بس وكل ما تقفي يشدك زيادة.

رشا: يعني مش كل واحد يحب يمشي الطريق ده بيمشيه؟

روح: لا طبعًا.. أهل الله بس إللي بيمشوه... وعند الصوفية بيقولوا «المريد مراد».. يبقى مش كل إللي بيحب يمشي الطريق بيمشيه إلا لو كان مطلوب ومراد من رب العباد.. ومش كل إللي بيمشي الطريق بيوصل.

رشا: ولو إني كالعادة مش فاهمة أوي، بس أنا هاسيبك تفهميني لما ييجي وقتها زي ما دايمًا بتقولي.

روح مبتسمة:

ـ ده في حد ذاته مكسب كبير إنك تصبري على فهم تفاصيل إنتِ مش قادرة تستوعبيها دلوقتِ.

رشا: بس إنتِ ما جاوبتنيش إزاي كل واحد طريقه غير التاني؟

روح: بُصيلنا كده أنا ونور وبراء وحياة.. هتلاقينا أربع بني آدمين مختلفين تمامًا عن بعض.. إحنا في حقيقتنا أربع أرواح اجتمعنا في طريق واحد.. طريق ربنا.. لكن وصلناله من سكك مختلفة.. عندك مثلًا نور.. حكايته حكاية.

شعرت رشا أنها أخيرًا سوف ترضي فضولها وتسمع عن حكاية

نور.. أخيرًا سوف تقتحم هالة الغموض المحيطة به وتكتشف من هو هذا النور؟

رشا: هو نور كمان له حكاية؟

روح مبتسمة:

ـ كلنا لنا حكايات.. بعدد أنفاس البشر.

نور كان عايش في حاله.. محلل سياسي من العيار التقيل.. كان بيكتب في جرايد مصرية وإنجليزية.. يعني تقدري تقولي كان عايش حياة مستقرة وناجحة جدًّا.. لغاية ما اتنده.. اتنده إزاي؟ عمري ما سألته ولا هاسأله.. بس هو حكى لجمال حبيبي.. ما هوَّ وجمال كانوا أصحاب أوي.. حكاله إنه فجأة حس إن مع كل إللي هوَّ فيه ده مش مبسوط، وزي ما يكون فيه حاجة ناقصاه، وإنه مش هيرتاح غير لما يوصلها.. سافر بلاد كتير علشان يدور على حاجة هوَّ نفسه مش عارف هيَّ إيه.. بس كان حاسس إن فيه حاجة بتشده.. وكل ما يسافر بلد كان بيلاقي حاجة فيها تدله على المحطة إللي لازم يروحلها بعد كده.. وكل ما يسافر ويحس إنه لسه ما وصلش للحاجة إللي بتشده يتضايق ويتوه ويبقى مش عارف يعمل إيه.. فيسافر تاني.. محطة تسلمه لمحطة لغاية لما وصل المغرب.. هناك اتعرف على شخص بالصدفة واتكلم معاه عن إحساسه.. هوَّ كان فاكر إنها صدفة، بس طبعًا كان مكتوب له يشوفه عشان يدله.

رشا: يدله على إيه بالظبط؟

روح: يدله على طريقه.. الشخص ده نصحه يلعب يوجا علشان يهدا ويخرج من دايرة البحث إللي بقاله تلات سنين داير جواها.. ورشحله مركز للرياضات الروحانية في مراكش.. اقتنع نور بالفكرة وقرر يرتاح شوية من التفكير ويبتدي يمارس اليوجا.. حياة كانت مدربة اليوجا بتاعته.. حياة لما عرفت إن نور مصري عرضت عليه تساعده في أي حاجة هوَّ محتاجها في المغرب.. نور حب اليوجا لأنها كانت مناسبة للحالة الروحانية إللي كان بيمر بيها.. حب اليوجا وحب حياة.. اتقربوا لبعض وطلب منها يخرجوا سوا.. نور كان بقاله تلات سنين مفيش أي ست في حياته.. عايش زي المجذوب.. ماشي ورا حاجة مش عارفها ومش قادر يفكر في حاجة غيرها.. أول ما دخلت حياة حياته بكم الطاقة الإيجابية إللي ماليها، ملت قلبه وعقله مع بعض.. كانت جميلة ومثقفة ومرحة.. وأجمل ما فيها إن كل ده كان مغلف بغلاف روحاني كان مناسب جدًّا لحالة نور في الوقت ده.. وبالرغم من أن أي راجل يتمنى يرتبط بست في جمال وأناقة حياة إلا أن نور حب الجانب الروحاني في حياة وانجذب له أكتر من جمالها أو أناقتها أو حتى أي تفاصيل تانية من إللي عادة بتجذب أي راجل لأي ست.. ابتدى يكلمها عن إحساسه وإزاي إنه حاسس إن فيه حاجة ناقصاه وبتشده.. حكى لها إنه بقاله تلات سنين بيسافر بلاد تشيله وبلاد تحطه ولسه برضه مش حاسس إنه

وصل للحاجة إللي بتشده.. حياة فهمته وحاولت تساعده.. عرضت عليه إنه يقابل شيخها بس بعد ما تستأذن منه.. وقتها نور حس إنه اتحدفله حبل من السما.. على حد تعبيره.. مرت عليه الأيام سنين لغاية ما حياة ردت عليه بأن شيخها موافق يقابله.

رشا: شيخها إزاي يعني؟

روح: ما هو اتضح إن حياة كانت من عائلة صوفية عريقة في المغرب.. وكانت واحدة الطريقة من أحد شيوخ الطريقة القادرية الصوفية في مراكش.. وشيخها هو نفس الشيخ إللي قابله نور وخد منه الطريقة بعد كده.

رشا: خد الطريقة إزاي يعني؟ وعرف منين إن الطريقة دي هيَّ طريقته، وإن الشيخ ده هوَّ شيخه؟

روح: قلبه قاله.. زي بالظبط ما كان بيحس إن في حاجة بتندهه وتشده، وزي ما كان بيحس في كل بلد بيروحها إنه لسه ما وصلش للحاجة إللي بتشده.. حس أول ما شاف الشيخ الجيلاني إن الحاجة إللي كان بيدور عليها ومش عارفها هيَّ طريقه لربنا.. مش بس كده لأ ده كمان حس إنه لقاها.. لقى شيخه.. الشيخ الجيلاني أحد أحفاد سلطان الأولياء الشيخ عبد القادر الجيلاني صاحب الطريقة القادرية الصوفية.. الشيخ أول ما شاف نور عرفه، ونور كمان عرفه، وفضل ملازمه خمس سنين.. نور اتجوز حياة واستقر في مراكش.. كان بينزل مصر أجازات بس أو لما يبقى في أحداث مهمة

في البلد ومش قادر ما يشاركش فيها، زي المظاهرة إللي جمال استشهد فيها.

نور لقى روحه وسعادته في المغرب، وابتدى طريقه من مراكش.. واحدة واحدة وبالتدريج ما بقاش بيكتب في السياسة، وبقى بيكتب كتابات تأملية صوفية وأشعار في حب ربنا.. تحسي إن الملايكة هيَّ إللي كاتباها مش بشر، لأنها طالعة من قلبه إللي ربنا ملاه نور وحب.. كل سنة بينشر كتاب تقريبًا.. وكل سنة كتابه بيحقق أكبر نسبة مبيعات.. لأن إللي بيطلع من القلب بيوصل للقلب.. مراكش كانت وش السعد على نور.. فيها اتولد من جديد، وفيها لقى شيخه، وفيها لقى حبيبته.

رشا: الشيخ عبد القادر الجيلاني ده مغربي أصلًا.. مش كده؟

روح: أبدًا.. الشيخ عبد القادر الجيلاني أو زي ما بيسموه في المغرب «بو علام الجيلاني» أصوله من بغداد من قرية في الجنوب اسمها جيلان وكان قطب بغداد... بس زيه زي كل الأقطاب له تلاميذ وناقلين علم انتشروا في كل البلاد.. والشيخ الجيلاني الصغير حلقة من حلقات سلسال علم سيدي عبد القادر الجيلاني إللي استقرت في المغرب.

رشا: دي حكاية زي الأساطير إللي بنسمعها ونحس إنها خيال في خيال!

روح: علشان جميلة أوي، فمن جمالها ما تتصدقش.. تتحسن.

رشا: عندك حق تقولي معايير العقول لا تصلح للقلوب.

روح: فيه حاجات كتير هتقابلك، مش هتعرفي تتعاملي معاها بالعقل والمنطق.. خلي قلبك يتولى المهمة.

بدأت رشا تشعر بإحساس غريب.. بدأت تشعر وكأن روح تقرأ ما يدور بعقلها.. لقد جاوبتها عن كل الأسئلة التي كانت تدور برأسها عن نور.. وعن حياة.. لماذا اختارت أن تخبرها عن حكاية نور ولم تخبرها عن حكايتها هي كما وعدتها من قبل؟ أو حكاية براء مثلًا؟ هل هي مجرد صدفة أم أن هناك رابطًا روحانيًا يربط روح رشا بروح روح؟ سوف تثبت الأيام القادمة ما إذا كان هناك رابط روحاني بينهما أم أنها كانت صدفة ولن تتكرر.. التقطت الدفتر الذي تكتب به خطوات روح كلما التقت بها وكتبت:

الخطوة الثالثة

هناك أمور لن يستطيع العقل أن يفسرها.. دع قلبك يتولى المهمة.. معايير العقول لا تصلح للقلوب.

سرحت رشا في حكاية نور.. كلام روح أعاد لها التفكير في شمسها مرة أخرى.. لقد ذهب نور في رحلة بحث عن شمسه.. ربما لم يكن يدري وقتها أنه يبحث عن شمسه.. ولكنه كان يشعر أن هناك شيئًا يجب أن يظل يبحث عنه، وأنه لن يرتاح أو يهنأ له بال إلا بالعثور عليه.. وبالفعل عثر عليه وعثر على السعادة معه.. شعرت بسعادة لنور برغم أنها لا تعرفه من فترة طويلة، ولكنها تعرف كم هو قاسٍ شعور البحث والاحتياج، وتمنت أن يكون شمسها أقرب منها مما كان في حالة نور.. تمنت أن

تسافر وترتحل باحثة عن شمسها.. ما أقسى أن تكوني أنثى في مجتمعات تدعي التحضر وتكمن في باطنها كل الأحكام الرجعية المتخلفة!

أغمضت عينيها، وحدثت ربها كما تعودت، ولكنها زادت هذه المرة بعض الكلمات.. حدثته وهي تعلم أنه يسمعها: «يا رب دلَّني على شمسي.. يا رب ابعتهولي.. يا رب ما تسيبنيش أدور عليه كتير.. وحياة حبيبك النبي تبعتهولي.. وحياة سيدنا النبي تدلني عليه وما تطولش حيرتي زيادة.. باحبك يا رب وباحب المصطفى كامل النور سيدي وسيد الخلق كلهم.. اللهم صلِّ على سيدنا محمد طب القلوب ودوائها، وعافية الأبدان وشفائها، ونور الأبصار وضيائها، وعلى آله وصحبه وسلِّم.. آمين».

كانت الأيام تمضي برشا وكلها شوق لسماع حكاية روح..
ولتفسير ذبذبات الحب التي كانت تشعر بها بين روح ونور.. برغم
الحب الواضح بين نور وحياة إلا أن رشا لم تشعر أن تلك الذبذبات
ليس لها أساس من ناحية نور، أو أنها مجرد خيال، ولكنه بلا شك
قوي جدًّا ليتحكم في ردود أفعاله، أم أنه ليس بهذه القوة.. إنها تلك
الهالة.. الهالة التي رأتها من أول يوم، وشعرت بها تكسوه وتحميه
وتحجب أي اختراق لما يدور بداخله عن الانكشاف أو حتى التكهن
به.. ولكنها حتى بوجود هذه الهالة تكاد تجزم أن تلك الذبذبات حقيقة
وليست خيالًا، وتأكد لديها ذلك الشك إلى يقين في الجلسة التي
حكت فيها روح عن نور ورحلته.. كانت عيناها تبرقان بريق المحبة..
بريقًا لا يتواجد بين الأصدقاء حتى لو كان هؤلاء الأصدقاء على درجة
عالية من السمو الروحاني، وتغلف علاقتهم ببعضهم وبالناس عمومًا
دائرة كبيرة من الحب والصفاء والرقي.. فهذا البريق لم يكن موجودًا
وروح تصف علاقتها ببراء... هناك حلقة مفقودة وسوف تعثر عليها.

كانت مستغرقة في التفكير إلى أن رن هاتفها متلقيًا إيميلًا.. لم تصدق نفسها، وشعرت وكأنها مراقبة.. نعم، كأن ما قاله لها صديقها العالم حقيقي.. وكأنها أصبحت شفافة وكل ما تفكر به واضح ومرئي.. لقد كان إيميلًا من نور:

العزيزة رشا

أو ربما أقول المنافسة القادمة.. لقد قرأت سلسلة حواراتك مع الدكتور مصطفى محمود بكل شغف.. أُعجبت بالفكرة، وتأثرت بالمشاعر والحب الكبير الموجود بها لله ورسوله.. دمعت عيناي في أغلب الحوارات، ولكنها دموع محمودة أشكرك أن أجريتها.. أتمنى لكِ كل التوفيق في الكتابات المستقبلية.. أرجوكِ واصلي الكتابة في هذا الاتجاه واعتبري هذا رجاءً من واحد من جمهورك الذي سوف ينتظر منك المزيد.. نفع الله بكِ وفتح عليكِ.

نور

قرأت الإيميل وقلبها ينبض بقوة وسرعة أكثر من المعتاد من شدة السعادة.. ما هذه الكلمات الجميلة المؤثرة؟! ما هذا النور الذي يشع من كلماته ويحرك بداخلها طاقة للكتابة لأيام دون توقف.. مَن أنا لأكون منافسة لنور؟ نور الذي قالت عنه روح صاحبة أجمل قلب وروح ولسان.. قالت إنه يكتب وكأن الملائكة هي التي كتبت وليس بشرًا.. مَن هي لتنافس ذلك النور صاحب الهالة النورانية؟ ثم توقفت لحظة وقالت لنفسها: «آه.. إنها عبادة جبران الخاطر.. إن هذه هي طريقتهم في الحياة.. بث

الأمل وإشعاعه في حياة كل الناس.. نشر الحب والخير والجمال.. هو فقط يمارس ما تعود أن يمارسه مع كل الناس وأنا التي تعطي الأمور أكبر من حجمها».. هكذا قضت على نبتة الفرحة التي كانت قد أطلت برأسها بداخلها عندما قرأت كلام نور.. التقطت الهاتف لترد عليه بإيميل شكر على ذوقه وكلماته الرقيقة كما يفعل كل الناس مع كل الناس.

احتارت كثيرًا بماذا تبدأ كتابة ردها على نور.. هي بالقطع لا تستطيع أن تكتب له العزيز نور كما كتب هو.. ولا تستطيع أن تخاطبه بالأستاذ أو السيد المحترم.. فقد تخطت علاقتهما مرحلة الرسميات.. فكرت كثيرًا أكثر مما يستوجب الموقف، ولكنها اختارت أن تتجاهل البداية وتبدأ مباشرةً بالرد، حتى وإن كان في ذلك شبهة من قلة ذوق أو جمود، ولكنه بالطبع أكثر راحَة لها:

شكرًا جزيلًا على كلماتك الجميلة يا نور.. لقد أسعدتني حقًا، وكانت فعلًا بمثابة تشجيع كبير لي على مواصلة الكتابة، وخصوصًا لأنها تأتي من كاتب كبير له وزنه في الكتابات الصوفية.. تحياتي لحياة وأشوفكم على خير إن شاء الله.

رشا

بمجرد أن ذكرت اسم حياة في آخر الإيميل عادت إليها الحيرة مرة أخرى، وعادت تفكر في الرباعي الذي اقتحم حياتها بقوة، فقلبها رأسًا على عقب منذ حفل التنورة.. إنها فعلًا دخلت عالمًا آخر.. أفاقها هاتفها المحمول على مكالمة من روح.

٩٢

رشا: ده اسمه إيه بَقه بالظبط؟! عمرك أطول من عمري.. لسه
كنت بافكر فيكِ.

روح ضاحكة:

ـ ده اسمه الأرواح عند بعضها.. يديكِ العمر كله.

رشا: ويديكِ إنتِ كمان.. إيه رأيك فيَّ؟ ابتديت أتعلَّم كلامك
الحلو أهو!

روح ضاحكة:

ـ يا ست الكل.. ده كلامك إنتِ وأنا بس بانطقه!

رشا: ابتدينا نتوغل في حاجات من إللي ما باعرفش أفهمها..
كلامي إزاي بَقه؟!

روح: مش هوَّ طالع مني ليكِ؟ يبقى بتاعك.. لو ما كانش بتاعك
ما كانش طلعلك.. كل واحد بياخد رزقه حتى من الكلام.

رشا: يا سيدي على الفلسفة العميقة!

روح: يا روحي ده إحساس مش فلسفة.. شكلك كده مش بتركزي
في كلامي معاكِ.. هوَّ أنا مش قلتلك معايير العقول لا تصلح
للقلوب!

رشا: واحدة واحدة عليَّ يا ستنا.. والله باركز في كل كلمة..
دا أنا حتى باكتبهم لما باروَّح البيت، وعندي دفتر عملته
ليكِ مخصوص.. بس على مهلك عليَّ.. عامليني على
إني لسه في «كي جي وان»!

روح ضاحكة:

ـ بتكتبيهم؟ والله إنتِ جميلة! طب مش عايزة تاخدي حصة

النهارده.. إنتِ وستنا هافين عليَّ أوي من إمبارح.. قلت يبقى لازم نزور مع بعض.. وآدي الإشارة جت.

رشا باستغراب:

ـ ستنا مين؟ وإشارة إيه؟

روح: ستنا زينب.. أم العواجز.. وإشارتك جت.. إنتِ مش لسه قايلة لي يا ستنا؟

رشا: أيوه قلت يا ستنا بس عادي يعني!

روح: طب لما نتقابل أفهمك.. تحبي تروحي نزورها سوا ولَّا أروح أنا ونتقابل بعد كده؟

رشا: لا.. أحب طبعًا.

روح: خلاص أعدي عليكِ بعد ساعة وفي الطريق نتكلم.

«أم العواجز.. والإشارة جت.. إيه بَقه الحاجات الغريبة دي؟! هيَّ ستنا زينب حفيدة رسول الله صلى الله عليه وسلم وكل حاجة، بس أم العواجز والكلام ده كلام بتاع الناس الجهلة واللي مش متعلمين ولا فاهمين الدين مظبوط.. بييجي منك إنتِ يا روح يا جميلة يا راقية يا مثقفة؟! إيه التناقض ده بَقه؟ عامةً أنا هاروح معاها ومليش دعوة بَقه هيَّ تقول أم العواجز أم إللي مش عارفة إيه هيَّ حرة! أنا هاصلي وأقرا الفاتحة ومليش دعوة بَقه هيَّ تعمل إللي تعمله.. كله إلا الشرك بالله!».. هكذا حدثت رشا نفسها.

التقتا وذهبتا معًا للست.. ذهبت الأرواح لزيارة روح الطاهرة بنت بنت رسول الله.

كانت تكسو روح حالة من السكون.. السكون الروحاني والفعلي..

كان صوتها منخفضًا عن المعدل الطبيعي له.. تتكلم همسًا.. وكانت الابتسامة مرسومة على وجهها برقة وهدوء.. إلى أن وصلتا مسجد السيدة زينب وأخرجت من حقيبتها شالًا أخضر كبيرًا، وضعته على رأسها ولفت به الجزء العلوي من جسدها.. بدت مثل قديسات الأساطير.. زادها اللون الأخضر سحرًا على سحرها وجمالًا على جمالها الفطري.. لم تكن تحتاج أن ترتدي رداء طويلًا أسود كما تفعل السيدات وهن ذاهبات للمساجد، ففستانها الملون كان يكسو جسدها بالكامل، وكان يعلن بألوانه الزاهية عن مناسبة سعيدة.. زيارة الأحبة من آل البيت شيء مبهج ومفرح وغسول للروح.. فلماذا تتشح بالسواد؟ إن روح لا تكف عن إبهارها كلما تقابلتا.

وصلتا وقت تكبيرات أذان العصر.. دخلتا المسجد معًا، ووقفتا جنبًا إلى جنب، وأدتا صلاة العصر وسط باقي السيدات بالمسجد.. كانت روح في حالة سمو روحاني عالية.. كانت تشعر أنها تصلي هي ورشا وحدهما في حضرة السيدة زينب.

توجهتا بعد الصلاة لزيارة المقام.. كان المجاذيب والمساكين يجلسون حول المسجد.. وكانت روح تنحني على كل منهم وتعطيهم الصدقات.. كانت تقول لهم: «دي نفحة من ستنا»، «دي نفحة أم هاشم»، «دي مش مني.. دي من أم العواجز».. كانت رشا أيضًا تعطي صدقات للمساكين، ولكن كانت تشعر أن المجاذيب والمساكين تسعدهم أكثر صدقات روح المغلفة بكلماتها الجميلة، ويلتفون حولها كما يلتف الصغار حول بائع الحلوى.

داخل المقام نظرت روح إلى رشا وقالت لها:

ـ ادعيلي.

فردت رشا مبتسمة:

ـ أكيد هادعيلك.. بس هوَّ مين إللي يدعي لمين فينا؟

ابتسمت روح وقالت:

ـ إحنا الاتنين ندعي لبعض.. إحنا في حضرة صاحبة المقام الزينبي.

رفعت رشا يديها لقراءة الفاتحة والدعاء، وأمسكت روح بالقضبان الحديدية للمقام الشريف وأغمضت عينيها وهي مبتسمة، وحدثت ستنا بقلبها كما يفعل الأحبة معًا.. حدثتها سرًّا برقة ودموعها تنساب منها بلا سيطرة.. أفرغت كل ما جاءت به لأم العواجز، وجلست في الركن القريب من المقام تقرأ القرآن وتوزع الحلوى على الصغار الزائرين بصحبة أمهاتهم.. كانت أصوات زغاريد السيدات القادمات للزيارة والتبرك تختلط بتأوهات ودموع الباكيات همًّا وحزنًا.

كانت رشا تنظر باستغراب إلى كل هذه الأجواء.. فهذه أول زيارة لها للسيدة زينب أو لأي من آل البيت رضي الله عنهم وأرضاهم.. كانت تنظر إلى روح وهي تربت على كتف كل سيدة باكية أو مهمومة وهي تقول لهن: «إن شاء الله ربنا هيفرجها».. كانت تمسح على رأس الأطفال المرضى وتقبلهم وتبتسم لأمهاتهم مطمئنة إياهن: «ربنا هيفرحك بيه إن شاء الله وهيجبرك».

نظرت إليها روح وقالت لها هامسة:

ـ خدي وقتك براحتك، ولما تخلصي هتلاقيني مع الستات إللي هناك دول.

رشا: لا، أنا خلاص خلصت ومستنياكِ.

روح: فعلًا! طب نسلم ونمشي ولَّا تحبي نخلينا شوية كمان؟

رشا: لا، نسلم ونمشي.

قبلت روح يدها برقة ورفعتها مودعة السيدة زينب، وهمست بصوت رقيق: «مدد يا ستنا.. مدد يا طاهرة مدد».. ثم مضت إلى خارج المقام وخلفها رشا.

ركبتا السيارة وما زالت روح تلف نفسها بشالها الكبير.. وكأن هذا الشال بلونه الأخضر الجميل يعلن أن هذا الجسد لم يعد تمامًا إلى حالته عند الالتفاف به قبل الزيارة ودخول المقام.. إنه ما زال مغلفًا ومكسوًّا بالحالة الروحانية التي كان عليها في حضرة ستنا.

نظرت روح إلى رشا وقالت:

ـ شفتِ ستي حلوة إزاي؟

رشا: جميلة أوي.. إنتِ عارفة إن دي أول مرة في حياتي أزورها؟

روح مبتسمة:

ـ كل حاجة ليها أول مرة.. أنا أول مرة زرتها كنت مش عارفة أقول إيه ولا أعمل إيه.. إيه صح وإيه غلط.. فكرة إني ما أعملش حاجة حرام كانت مسيطرة عليَّ أكتر من إحساسي بيها.. بس بعد كده خلاص.. بالعكس بقت بتوحشني وأنا كمان باوحشها.. لما باتأخر عليها بتجيلي.. أعرف فورًا إني مقصرة أقوم آخد بعضي وأجيلها على طول.. دي بنت الزهراء حبيبة حبيب الله.

رشا: عليه الصلاة والسلام.. بس يعني...

روح: يعني إيه يا رشا؟ قولي.. مالك؟ في إيه؟

رشا: بغض النظر عن موضوع بتجيلك وتجيلها ده.. أنا مش هاتكلم معاكِ فيه، علشان أنا فهمت خلاص إن فيه حاجات أنا لسه مش باقدر أستوعبها.. بس إحساسك في أول زيارة هو بالظبط إللي أنا كنت حاسة بيه النهارده.. كنت خايفة أتصرف أو أقول حاجة فيها شرك بالله ولَّا حاجة!

روح مبتسمة:

ـ لما نقعد نتغدى هنتكلم شوية في الحكاية دي.

رشا: آه والنبي الله يخليكِ!

روح: حلفتيني بالغالي.. اللهم صلِّ عليك يا حبيبي يا رسول الله.. خلاص نخلي حصة النهارده كلها على الموضوع ده.

رشا: لا، في عرضك! مش لدرجة الحصة كلها.. إنتِ عارفة إني صابرة بالعافية.. دا أنا متلصمة!

ضحكت روح وقالت:

ـ إنما يوفى الصابرون أجرهم بغير حساب.. ربنا يعطيكِ أجرهم إن شاء الله.. من عينيَّ حاضر.. ليكِ عليَّ النهارده أديكِ جرعة محترمة.

جلستا معًا تتناولان الطعام في الزمالك في المقهى المطل على نيل القاهرة الصبور.. هكذا كانت تسميه روح.. كانت تصفه لرشا بأنه صابر على الإهانة والإهمال، لكنه يومًا ما سوف يثور ويرفض كل ما يلقى به من قاذورات، لن يعذره أحد أو يتفهم موقفه عندما يتوقف عن إمدادنا بالماء، سوف يصبون جام غضبهم عليه ويتهمونه

ويصدرون عليه الأحكام، ولكنهم لن يتذكروا أنهم ما اعتنوا به يومًا وما أعاروه اهتمامًا، وإنما كان سلة مهملات كبيرة لقاذورات الجميع.. نسوا جميعًا أنه حتى سلة المهملات لا بد أن يأتي يوم عليها وتمتلئ، ولن تستوعب المزيد من القاذورات.. أما هذا النيل فإنه بإذن الله سيوفى أجر الصابرين.. أُمَّال يعني هوَّ موجود في الجنة إزاي؟ أجر على صبره علينا.

رشا: ياه يا روح.. إنتِ كمان شايلة هَم النيل؟!

روح: هوَّ إللي شايل همي وهمك وهمومنا كلنا.. ربنا يرحمه ويرحمنا برحمته.

رشا: طيب آدي إحنا اطمأنينا على النيل خلاص إنه هياخد أجر صبره بوجوده في الجنة.. أنا بَقه صبريني بحاجة.

روح مبتسمة:

ـ أنا عيوني ليكِ.. شوفي يا ست الكل.. أنا كنت عاملة زيك كده بالظبط أول مرة أروح لستي.. لغاية ما اتعودت وسبت روحي خالص.. زي إللي بيسوق العجلة وهوَّ سايب إيديه.

رشا: أيوه يا روح بس الواحد برضه ما ينفعش يعمل زي الناس إللي مش فاهمة ويردد كلام ويعمل حاجات فيها ولو شبهة شرك بالله!

روح: طبعًا.. إيه إللي ما عجبكيش في الزيارة النهارده؟ قوليلي بصراحة وطلعي كل إللي جواكِ.

رشا: إنتِ حرة طبعًا يا روح.. مش قصدي.. بس حكاية أم العواجز والكلام ده... بصراحة ما عرفتش أهضمه!

روح مبتسمة:

ـ بس هي فعلًا أم العواجز والطاهرة ورئيسة الديوان، كل دي أساميها بجد مش كلام.. ستنا لما رجعت المدينة وعاشت هناك كان بيروحلها أصحاب الحاجات علشان تتصدق عليهم وتطعمهم وتدعيلهم.. وهي لأنها كريمة بنت كريمة بنت كريم بقت بتروح بنفسها لأصحاب الحاجات من السيدات والأرامل واليتامى والعاجزين في بيوتهم تشوف طلباتهم.. فسموها أم العواجز. والطاهرة دي ليها حكاية.. لما سيدنا عبد الله بن جعفر الطيار راح يطلب إيدها للزواج من سيدنا علي وأخويها رضي الله عنهم استحى أدبًا أن يذكر اسمها فقال: أريد أن أتزوج من الطاهرة، فسميت «الطاهرة» وكذلك باقي الألقاب لها أسباب.

رشا: معقولة؟ طب الألقاب وفهمناها، بس إللي بصراحة مش قادرة أهضمها حكايةها «مدد» دي.. إنتِ يا روح تقولي مدد؟! هوَّ أنا إللي هاعرفك إن المدد والعون كله من ربنا بس.. إزاي يا روح تقوليها؟!

روح مبتسمة:

ـ يا روحي إنتِ.. هوَّ المدد من مين غير ربنا.. بس أوقات ربنا بيبعتلنا المدد عن طريق ناس أو أرواح.. زي بالظبط لما تروحي لدكتور.. مش إنتِ عارفة ومتأكدة إن الشفا من الله.. بتروحي للدكتور علشان يساعدك على الشفا.. ولما بتخفي وتطيبي بتحمدي ربنا وتشكري الدكتور إللي ساعدك.. دي بالظبط زي المَدد.. بنطلبه من ربنا وبنسأل أرواح الصالحين المساعدة.

رشا: أُمَّال إحنا ليه بنحس إن الحاجات دي كلام جهل وشرك؟

روح: مش هاقدر أقولك ليه، بس هاقدر أقولك إن إللي بيقرب بيعرف إنه مش جهل ولا شرك ولا حاجة.. بيحس بكده في قلبه.. وده ما يمنعش إن فيه طبعًا حاجات بيبقى فيها شرك بالله، وإوعي تعملي أي حاجة إنتِ حاساها في قلبك كده حتى لو مين حاول يقنعك بيها، سيبي قلبك يكون دليلك وما تقلديش حد، ولا تبصي على حد، ولا تمشي ورا حد وإنتِ مغمضة عينيكِ، كل واحد وله سكته لربنا، خليكِ فاكرة طول الوقت إن الطرق لله بعدد أنفاس البشر.. ودايمًا خلي القرآن والسنة أُدَّام عينيكِ.

رشا: كلامك مظبوط.. بس إزاي هاقدر دايمًا أراقب تصرفاتي وأتأكد إن مفيهاش حاجة كده ولَّا كده؟

روح: عندك حق طبعًا.. بس إللي أقدر أقولهولك إنها بتيجي بالتدريب، وبعد شوية بتبقى عادة إن ذهنك يبقى حاضر ويشوف الأمور من بره، كأنها صورة قصاد عينيه، وساعتها الحكم بيبقى سهل لما بتخرجي نفسك من الموضوع.. يعني خليني أضربلك مثال من زيارة النهارده مثلًا.

لما نطبطب على بعض ونطمن بعض دي فيها شرك بالله؟

لما نتصدق على الغلابة ونعمل زي ما ربنا قالنا: ﴿يَٰٓأَيُّهَا ٱلَّذِينَ ءَامَنُوٓا۟ إِذَا نَٰجَيْتُمُ ٱلرَّسُولَ فَقَدِّمُوا۟ بَيْنَ يَدَىْ نَجْوَىٰكُمْ صَدَقَةً﴾ نبقى أشركنا بالله ولَّا سمعنا كلامه؟

لما نزور مقام بنت بنت رسول الله زي ما بنزور مقابر أهلنا ونقرالهم قرآن.. إيه الغريب في ده؟

طبعًا مش محتاجة أقولك إن إحنا بندعي ونطلب من ربنا مش من أي حد تاني.. يا حبيبتي ده ربنا قالنا: ﴿قُل لَّآ أَسْـَٔلُكُمْ عَلَيْهِ أَجْرًا إِلَّا ٱلْمَوَدَّةَ فِى ٱلْقُرْبَىٰ﴾.. وستنا أقرب القربى.. بنت أم أبيها.

رشا: اللهم صلِّ عليه.. والله كلامك صح، بس غصب عني يا روح.. زي ما اتعودت!

روح: يا روحي بُكرة تتعودي وإنتِ كمان إللي هتكلميني وتقوليلي تعالي نزور.

رشا: تفتكري؟

روح: أنا متأكدة.. أصل هوَّ قالي كده وفعلًا حصل.

رشا: هوَّ مين؟

روح: نور.. إنتِ عارفة إني أول مرة أروح أزور ستي كنت مع نور؟

رشا: بجد؟

روح: ما هو نور كان نوري لكل حاجة حلوة في حياتي.. جمال بعتهولي.

رشا: بعتهولك إزاي؟

روح: جمال ونور كانوا أصحاب الروح بالروح.. وكل الوقفات الاحتجاجية والمظاهرات إللي كانت بتحصل في البلد كانوا بينزلوها مع بعض.. ولما جمال اتقتل في مظاهرة من المظاهرات.. نور هوَّ إللي بلَّغني وخدني أستلم جثمانه..

نور هوَّ اللي كفَّن جمال بإيديه، وهوَّ برضه اللي دفنه بإيديه، وهوَّ كمان اللي كان واقف بياخد العزا فيه.. ومن يوميها ونور اعتبرني ورثه من جمال.. وأنا اعتبرت نور هوَّ النور اللي جمال سابهولي علشان حياتي ما تبقاش ضلمة من بعده!

رشا: يا حبيبتي! إنتِ طبعًا عارفة ومش محتاجة إني أقولك إنه شهيد حي عند ربنا.

روح: طبعًا أنا عارفة وهوَّ مش بيسيبني.. بيجيلي كتير وينصحني ويطبطب عليَّ.. وهوَّ اللي دلَّني على طريقي وعلى نور، ودل نور عليَّ.

رشا: معلش.. كده دخلنا في الحاجات اللي ما بافهمهاش.. بيجيلك إزاي؟

روح: هاقولك يا ستِّي.. مش إحنا لما بننام أرواحنا بتطلع عند ربنا؟ أظن دي معروفة.

رشا: مظبوط.

روح: ولما أرواحنا بتطلع عند ربنا بتتقابل مع أرواح تانية.

رشا: يعني.. ماشي ممكن.

روح: الأرواح ما بتموتش يا رشا.. الجسد بس اللي بيموت.. وإحنا لما بننام أرواحنا بتسبح بعيد عن الأجساد، وممكن تقابل أرواح لسه موجودة في الدنيا، وممكن تقابل أرواح انتقلت عند ربنا في عالم البرزخ.. ودي بتبقى رؤى.

رشا: مظبوط.. ما اختلفناش.

روح: بس.. هيَّ كده.. روح جمال وروحي بيتقابلوا كتير.. جمال بيجيلي في رؤى كتير أوي.. باشوفه جميل وزي القمر زي ما كان في الدنيا ويمكن أحلى كمان.. وبيروح لنور برضه.. ما هو الأرواح إللي حبوا بعض بيتجمعوا.. الجسد يفنى والروح ما تفناش.. الروح دي نفخة ربنا.

رشا: سبحان الله! ولما بيدلُّك على حاجات تعمليها بتعمليها؟

روح: بيدلِّني آه، بس مش بالظبط زي ما إنتِ متخيلة.. مش بالوضوح والمباشرة زي أساليب البشر العادية.

رشا: تاني رجعنا للوغاريتمات.. اشرحيلي من فضلك يا روح.

روح مبتسمة:

- يعني يا ستي مش بيقولي مثلًا: يا روح اعملي كذا وما تعمليش كذا.. بس بتبقى الرؤيا كلها إشارة أو دلالة على شيء.. يعني لما دلِّني على طريقي وإني أثق في نور.. فضل يجيلي شهرين وأنا مش فاهمة.. نفس الرؤيا تتكرر بمعدل كل أسبوع أو يمكن أقل.

رشا: فهمت قصدك.. وإيه كانت الرؤيا؟

روح: كان بيجيلي وينادي عليَّ.. كنت بابقى مش عارفة إن كنت صاحية ولَّا نايمة.. كان بيبتسم ويشاورلي على شعاع نور بعيد.. شعاع نور قوي وكبير وجميل.. كل مرة كنت أبصله وأبص للنور وأبقى مش فاهمة هوَّ عايز يقولي إيه.. كنت هاتجنن، وما عنديش حد أحكيله.. لو حكيت لحد من إللي كانوا حواليَّ وقتها، كان قال عليَّ اتجننت.. الوحيد إللي كنت باحكيله هوَّ براء.. وكان حاله من حالي، هوَّ

كمان ما كانش فاهم جمال قصده إيه.. لغاية ما في ليلة من الليالي شفت نفس الرؤيا بس المرة دي وأنا بابص للنور لقيت نفسي اتشفطت فيه، دخلت جواه، دخلت جوه النور الجميل الكبير إللي كنت بابقى شايفاه.. بقيت مش بس شايفاه، لأ ده أنا جواه ومحاوطني من كل مكان.. ما أعرفش فضلت جواه أد إيه، بس لما صحيت من النوم لقيت نفسي فاهمة معنى الرؤيا، ولقيت نفسي مبسوطة وخفيفة، وكأني طلعلي جناحين وطايرة بيهم.

رشا: فهمتِ إيه يا روح؟ وحسيتِ بإيه وإنتِ جوه النور؟

روح: مش هاقدر أوصفلك حسِّيت بإيه لأنها حاجة ما تتوصفش.. بس هوَّ إحساس بفرحة وقوة وجمال مش موجودين على الأرض.. وفهمت وأنا جواه إن طريقي للنور الجميل القوي ده هو نور.. وإني لازم أمشي وراه وإنه هيكون دليلي للإحساس الجميل إللي ما يتوصفش إللي أنا حسيت بيه.. إزاي ما أعرفش، بس أكيد في رابط معين هيربطني بيه هيوصلني للجمال والنور ده.

رشا: ما خفتيش يا روح؟

روح: خالص.. ما كانش فيه أي حاجة تخوف.

رشا: وبعدين؟ كملي مش قادرة أستنى!

روح: كان في نفس الوقت جمال بيروح لنور ونور بيشوفه في رؤى برضه.. وكان بيدلِّه بطريقة ما على نفس الرسالة.. تقدري تقولي هوَّ كمان اتبعتت له إشارته إنه ياخد بإيدي.. عمري

ما عرفت هو شاف إيه.. لا أنا سألته ولا هوَّ حكالي، بس إحنا الاتنين عارفين.. نور حكى الرؤيا لشيخه سيدي الجيلاني وشيخنا عرف إن ده الإذن.. إذن لنور إنه يبدأ طريقه كشيخ مربي في مصر وإنه يبدأ بيَّ أنا.. الشيخ الجيلاني الصغير عرف إني اتندهت وإن نور سكتي ووصلتي لغاية ما يحطني على الطريق ويسلمني لشيخي.

رشا: يعني نور ما كانش شيخك؟

روح مبتسمة:

ـ نور رجع مصر عشاني بعد ما خد الإذن إنه يكون شيخ مربي من شيوخ الطريقة القادرية في مصر، وأنا طبعًا كان لي الشرف إني أكون أول تلاميذه صحيح، بس بيفضل شيخي هو شيخ الطريقة الكبير الشيخ الجيلاني ونور تلميذه ووصلتي له.. يعني معلم وليس شيخ.

رشا: وإنتِ كنتِ مكتفية بنور وما حستيش إنك عايزة تقابلي الشيخ الجيلاني بنفسه؟

روح: يا خبر! لا طبعًا.. كنت باحس إن أنا قلبي مقسوم نصين.. نص في المغرب ونص معايا، وكل يوم كان بيبعدي عليَّ من غير ما أشوف شيخي كنت باحس إن نص قلبي إللي معايا بيتاكل منه حتة، وإني خلاص مش قادرة أستنى.. لغاية ما حسيت إن قلبي كله بقى في المغرب عند سيدي.. طلبت من نور ياخدني له وخدني.. كان إحساس رهيب.. زي ما يكون قلبي إللي كان بيتاكل يوم ورا يوم لغاية لما بقى

مفيش جوايا ولا حتة منه، حسيت إن قلبي ده بيرجعلي تاني وسيدنا هوَّ إللي بيحطه بإيده جوايا.. مش ممكن أنسى اليوم ده.. كان ٢١ رمضان.. كانت ليلة القدر.. والله ليلة قدر.. شفته وصليت وراه طول الليل، وأمنت على دعاه في التهجد، ولما الفجر أذن صلينا كلنا الفجر وراه.. استنيت لما كل الناس مشيوا وفضلت واقفة أبص له من بعيد.. كان شايفني وعارفني طبعًا.. بص لي وضحك لي ضحكة نورت لي حياتي.. قربت منه وبوست إيده.. ومن يوميها وأنا خدت الطريقة منه.. رمضان إللي جاي يبقى بقالي خمس سنين.. ربنا يديمها نعمة عليه ويديمه لينا يا رب.

رشا: يا حبيبتي! ربنا يسعدك وينور حياتك دايمًا.. طب وحياة قبلت عادي وما كانش عندها مشكلة إن نور يرجع مصر؟ وما رجعتش معاه ليه؟

روح: حياة متربية في الفكر ده من وهيَّ طفلة، وعيلتها كلها متصوفة.. يعني حاجة زي إللي حصلت مع نور دي ترقي كبير في عرف الصوفية.. حياة فرحت بالفتح والفضل ده أكتر من أي حاجة في الدنيا.. ولأنها متربية وفاهمة مظبوط يعني إيه تصوف، مش زي أي حد بيسمع عنه من بعيد لبعيد.. هيَّ إللي طلبت من نور إنها تفضل في المغرب.

رشا: هيَّ إللي طلبت؟ مش غريبة شوية؟!

روح: غريبة علشان إنتِ بتشوفي موقفها بنظرة المجتمع والناس العادية.. لكن حياة شافت إن نور هيحتاج يختلي بنفسه

كتير، وهيبقى عنده واجبات وقراءات وحلقات علم وذكر كتير، وده هيحتاج تفرغ.. في نفس الوقت هيَّ كانت عارفة إنه هيبقى له مريدين، وإن الموضوع مش على أدي أنا لوحدي.. هيَّ كانت فاهمة يعني إيه شيخ مربي.. حبت تعطي له مساحة زيادة ما كانتش هتتوفر له وهيَّ موجودة معاه.. واتفقوا يجربوا ويتقابلوا كل شهر، مرة في مصر ومرة في المغرب.. نور كمان وافق لأنه ما كانش يقدر يبعد كتير عن شيخه سيدنا.. وفعلًا نجحت التجربة، بل بالعكس زادت حبهم وارتباطهم ببعض أكتر.. لأن مفيش حد ممكن يحس إن حبيبه بيحبه وبيفضله ويبدي مصلحته عليه هو ذاته وما يحبوش أكتر.. ربنا يسعدهم ويخليهم لبعض.

أحست رشا بنبرة شجن في صوت روح وهي تدعو لحياة ونور بالسعادة.. لم يكن الدعاء فيه عدم مصداقية ولكن كان فيه نبرة حرمان.

رشا: فعلًا نموذج ما بيتكررش كتير.. ربنا يسعدهم.. وبعدين إيه إللي حصل بعد كده مع نور ومعاكِ؟

روح: هتصدقيني لو قلتلك ما أعرفش إيه إللي حصل بالظبط.. بس إللي أنا عارفاه كويس إني فهمت إن أوقات الواحد بيفضل يخبط على باب طول عمره لغاية لما إيديه توجعه من كتر الخبط علشان بيبقى متخيل إن الباب ده لو اتفتح فيه سعادته أو بمعنى أصح بيبقى شايف إن ده باب السعادة الوحيد.. في حين إن بيبقى جنبه طول الوقت باب تاني، هو ده إللي لو اتفتحله هيشوف الهنا كله مش السعادة بس..

لكن حجب البصيرة بيخليه مش شايفه.. والباب التاني ده ما بيحتاجش غير زقة صغيرة ويتفتح لوحده من غير خبط.. ساعتها هتلاقي كل الجمال والنور والسعادة بس إنتِ تلاحقي عليهم.

رشا: وإنتِ زقيتِ الباب التاني يا روح؟

روح: بعد ما فضلت أخبط على أبواب الشغل والحب والجواز وكلها توجعني زيادة لغاية لما عورتني، اكتشفت باب تاني موجود طول الوقت ومش محتاج حتى أخبط عليه لأنه متوارب.. باب ربنا.. زقيته بعد ما إيدي اتوجعت واتعورت من كتر الخبط على الأبواب الغلط.. زقيته ودخلت، ولما دخلت لقيت كل التعاوير خفت والوجع كله راح.. ودي كانت خطوة مهمة اتعلمت أخطيها في حكايتي.. الأبواب المقفولة مش دايمًا وراها حاجات حلوة، وإني لما ألاقي باب مش راضي يتفتح ما أضيعش وقتي واقفة قصاده بحجة الإصرار ـ بالذات لو كانت البوادر ألم وجرح ووجع ـ أديله ظهري وأخبط على باب تاني يمكن يكون وراه بدل الألم أمل، وبدل الجرح حب، وبدل الوجع فرح!

كان يومًا طويلًا لكنه ممتع.. كانت تجربة زيارة السيدة زينب أو أم العواجز تجربة جديدة على رشا.. وبقدر قلقها واختلاط الأمور عليها قبل الزيارة بقدر سعادتها واشتياقها لتكرار التجربة قريبًا بعد الزيارة. اليوم فقط بدأت روح تحكي لها أولى حلقات حكايتها الطويلة التي أخبرتها عنها من قبل.. كشفت الغطاء عن غموض البدايات..

فكت طلاسم لغز الارتباط الشديد بين روح ونور.. هل ذبذبات الحب التي شعرت بها كان منبعها تلك الوصلة الروحانية بينهما؟ أم ما زال هناك تفسير خفي لتلك الذبذبات المتبادلة؟ ولكن مما لا شك فيه أن الأيام سوف تكشف المزيد من الأسرار.

هدأت حيرة رشا كثيرًا بعد هذا اليوم الطويل الجميل.. هدأت بعد أن اطمأنت أنها بدأت تستمع إلى تفاصيل أهم وعبرت مرحلة الاستعداد، أم هدأت لأنها ذهبت لزيارة أم العواجز وهي محملة بكم كبير من الفكر والحيرة والشغف، فحلت عليها بركة صاحبة المقام وأراحها الله وهدأ نفسها؟ تبقى الأسئلة دائمًا دون أجوبة أكيدة، وتبقى الأجوبة الأكيدة كما أخبرها صديقها العالم في علم الباطن لا يعلمها إلا الله.

التقطت دفترها لتكتب الخطوة الرابعة في خطى روح على طريق السعادة:

الخطوة الرابعة

إذا طرقت بابًا وأدمى يدك.. لا تزد الباب طرقًا فتدمي يدك وقلبك من شدة الألم.. أدر ظهرك وابحث عن الأبواب المفتوحة.. فمن دخلوا قبلك تركوها مفتوحة كي يعبر الجميع خلفهم للنور.

ذهبت لتنام وهي مختلفة في تلك الليلة.. كانت سعيدة بدون سبب واضح.. أخذت تتذكر كلام روح مرة أخرى وتراجعه في

رأسها.. «لقد وجد نور شمسه في المغرب، ووجدت روح شمسها في نور، وأنتِ ما زلتِ في حيرتك وبحثك.. ترى أين شمسك؟».. أغمضت عينيها، ورددت اعترافها بالحب لربها كما تعودت ودعته أن ترى الحبيب في تلك الليلة.. ولِمَ لا وهي عائدة من عند بنت بنته السيدة زينب؟ ربما جاءها هذا اليوم ليزيد سعادتها سعادة ويحقق أملها في مشاهدته ويملأ قلبها بنوره: «اللهم صلِّ على نور الأنوار، وسر الأسرار، وترياق الأغيار، ومفتاح باب اليسار، سيدنا محمد المختار، وآله الأطهار، عدد نعم الله وأفضاله».

٨

استيقظت رشا، والتقطت هاتفها لتتفقد الرسائل والإيميلات..
وجدت إيميلًا من نور.. تعجبت من هذا الإيميل الذي لم يكن له
سبب.. فتحته سريعًا وكلها فضول:

العزيزة رشا

صباح الخير.

أقدر بشدة انشغالك، ولكني اعتدت إقامة عشاء صغير
لحياة قبل مغادرتها إلى المغرب.. سوف نسعد أنا
وحياة كثيرًا بحضورك يوم الخميس القادم.. العشاء
في السادسة مساءً، والعنوان ١٣ شارع المنصور
محمد بالزمالك.

ملحوظة: غير مسموح بالاعتذار.

قرأت الإيميل، وابتسمت على الملحوظة المرحة من نور، ولكنها
كالعادة تتردد وتفكر في الأمور أكثر مما تحتمل.. اتصلت بروح مبكرًا
على غير العادة.

رشا: صباح الفل يا أجمل روح.

روح: صباح الأرواح الصافية.. ده إيه الصباح الحلو ده؟!

رشا: على فكرة الكلام الحلو ده ما بيطلعش غير معاكِ مش عارفة ليه؟!

روح ضاحكة:

ـ بس أنا عارفة يا ست الكل.

رشا: وأنا عارفة إنك عارفة.

روح: وأنا كمان عارفة إنتِ مكلماني ليه دلوقتِ.

رشا: إنتِ عاوزة تخوفيني، صح؟

روح: أنا؟ والله أبدًا! دا أنا باهزر معاكِ.. أصل نور كان بيقولي إمبارح إنه هيعزمك وأنا حسِّيت لما كلمتيني إنه أكيد عزمك بس مش أكتر والله!

رشا: على فكرة بَقه أنا مش ممكن أخاف منك حتى لو حاولتِ تخوفيني.. فعلًا نور بعتلي إيميل بس مش عارفة مترددة أروح ليه.. يعني علاقتي بيه وبحياة غير علاقتي بيكِ.

روح: وماله يا رشا.. بس بجد همَّ بيحبوكِ أوي، ونور معودنا يعمل العشا ده لحياة كل مرة قبل ما تسافر، وبنتجمع وبتبقى حاجة حلوة أوي.. براء بيغني ونور بيقرالنا دايمًا من كتبه، وبتبقى جلسة كلها روحانيات.. تعالي هتتبسطي أوي.

رشا: فعلًا شكلها حاجة حلوة أوي.. طيب.

روح: يطيبك ويطيب أيامك.. خلاص نروح سوا.

كان هذا الموعد والتجمع بمثابة مُسكن للأفكار التي لا تتوقف ولا تنام برأس رشا.. هدأت قليلًا عندما علمت أنها سوف تأخذ

جرعة روحانية في آخر الأسبوع.. كانت تتحرق شوقًا لسماع نور يقرأ أجزاء من كتاباته لهم، كما كانت تتحرق شوقًا لسماع براء يغني ثانيةً.. لم يكن لحياة نفس التأثير الذي تركه المثلث الروحاني الجميل عليها، بل بالعكس كان لقاء حياة يمثل عبئًا عليها، كانت دائمًا قلقة أن تفضحها تعبيرات وجهها بمقارنتها المستمرة بين حياة وروح والتي تنتهي دومًا لصالح روح.

ذهبت روح هذا الأسبوع للواحات للاستشفاء والتأمل.. هي وبراء الذي تعود أن يمارس معها مثل هذه الرياضات الروحية.. يذهبان معًا ويتركان كل أعباء المدينة خلفهما.. حاولت روح أن تقنع رشا بخوض التجربة وأنه لا خسارة دائمًا من التجارب، ولكن رشا لم تكن من النوع المغامر.

افتقدت رشا روح كثيرًا في هذا الأسبوع.. فروح أغلقت هاتفها الجوال بمجرد وصولها الواحات.. وأيضًا رشا انغمست في سلسلة كتابات جديدة.. كانت قد شعرت مجددًا برغبة شديدة في الكتابة.. خصوصًا بعد إيميل نور الذي كان مشجعًا لها لتكتب ولكن بنكهة جديدة.. نكهة روح.

السلسلة الجديدة لم تكن استفسارية كما كانت السلسلة السابقة مع صديقها العالم.. ولكنها كانت تعد نوعًا من نشر الخير والحب والسلام لكل من يقرأ تلك السطور.. كان تأثير المثلث المحب منعكسًا بشكل واضح على كتاباتها الجديدة.. كانت تكتب وتتمنى أن تنشر ظاهرة السلام الداخلي الذي ينعم به هذا المثلث بين البشر جميعًا.. كانت تتمنى أن يتأثر كل قارئ بكلماتها ويبدأ رحلته

للتغيير والسعادة.. تمنت أن تصل كلماتها إلى كل مكان به حزانى أو مكروبون فتكون طوق نجاة لهم.. كانت تحلم أن يكون لها تأثير مانديلا وغاندي والأم تيريزا وتساهم كلماتها ولو قليلًا في أن يعم السلام العالم.

استغرقت في كتاباتها إلى أن حل الأربعاء.. يوم عودة روح حبيبة الروح من الواحات.. عادت روح وفتحت هاتفها واتصلت برشا.. كانتا تتكلمان سريعًا وكثيرًا.. افتقدت كل منهما الأخرى بشكل كبير، فبرغم أن الاتصال الروحي بينهما متصل إلا أن الأجساد كانت تشتاق للقاء.. اتفقتا على اللقاء اليوم التالي والذهاب إلى منزل نور وحياة معًا.

اشترت رشا هدية ذات طابع إسلامي لمنزل نور وحياة، ومرت على روح في طريقها واصطحبتها معها.. كان نور يسكن في إحدى البنايات العتيقة في حي الزمالك والتي لم تطلها أيدي ملوثي الجمال.. كان المبنى ما زال يحتفظ بطابعه المعماري القديم الجميل.

نور: يا هلا يا هلا بالأرواح الجميلة.. اتفضلوا.

روح: لا وإنت الصادق الأرواح المغسولة.. كان لازم تيجوا معانا.

مد نور يده لرشا مرحبًا ومبتسمًا ومدت رشا يدها بالسلام ثم قدمت إليه الهدية.

نور: إنتِ ليه مصممة تتعاملي معانا على إننا أغراب وإحنا خلاص بقينا عيلة واحدة؟

رشا: دي حاجة بسيطة علشان بس أول مرة آجي البيت عندكو.. يا رب تعجبكو.

نور: أكيد هتعجبنا.. دي كفاية إنها منك.. اتفضلي حياة جوه.. اتفضلوا.

قابلتهم حياة بابتسامة عريضة:

ـ سامعالِك بتقولي الأرواح المغسولة يا روح.. طب تعالي إديني شوية طاقة حلوة من بتوعك.

تفتح حياة ذراعيها لتحتضن روح وروح تقابلها بالمثل.. بينما وقفت رشا مبتسمة للعناق الجميل.. ثم اتجهت لها حياة بسلام رسمي ليس كسلام روح.. لا عناق ولا أذرع مفتوحة ولا مشاعر متدفقة كما تعودت من روح.

حياة: يا أهلًا يا رشا اتفضلي.

اكتفت رشا بالابتسام.. شعرت بعدم ارتياح.. ولكنها عزمت على أن تنسجم وتقضي الليلة.. ربما المرات القادمة التي سوف تتواجد فيها حياة سوف تعتذر بلطف ولن تكرر التجربة مرة أخرى إذا كانت لا تنسجم روحها مع روح حياة.

كان المنزل ذا طابع مختلط.. يجمع بين الذوق الإسلامي والذوق العصري.. الأثاث كان عصريًا مريحًا.. والإكسسوارات كلها كانت عتيقة أثرية.. السجاد ووحدات الإضاءة واللوحات المعلقة على الحوائط كلها كانت إسلامية.. كان من السهل لأي زائر أن يستنتج أن سيدة المنزل مغربية وذات ذوق راق.

كان براء قد وصل قبلهما، وجلس يأكل من المقبلات التي وضعتها حياة على الطاولة المربعة التي ترتكز وسط الجميع.. كانت تحوي مقبلات مغربية ولبنانية ومكسرات وفاكهة مجففة.

نهض براء مرحبًا بروح ورشا:

ـ يا أهلًا بالحلوين.

روح: مش كده والنبي؟! مش رشا بهتت عليَّ؟

رشا: يا خبر! مين إللي بهت على مين بالذمة؟

براء: ما تتعازموش على بعض.. أنا قلت إنتو الاتنين حلوين!

روح: طب تصدق بَقه إن إنت إللي حلو.

جاءت حياة تحمل أحد الأطباق، ووجهت حديثها لروح:

ـ احكيلي بَقه يا روح عن الواحات.

روح: تجنن يا حياة.. بجد اتغسلت ورجعت.. أنا قلت لنور كان لازم تيجوا.

حياة: كنت هافطس طبعًا وأروح، بس كان عندي حاجات كتير ما عرفتش أأجلها.. إن شاء الله المرَّة الجاية عرفيني من بدري علشان أظبط حالي.

روح: إن شاء الله يا عمري.

نور: هتسمعنا إيه يا براء؟

براء: لا أنا مش هاسمعكوا.. إنتَ إللي هتسمعنا يا مولانا.

روح: أيوه يا نور.. يلَّا سمعنا.. أنا جاية النهارده جاهزالك.

نور: من عينيَّ.. بس مش كان براء يسلطنَّا الأول؟

نظرت حياة إلى نور نظرة كلها دلال وقالت له:

ـ لا يا عمري.. براء بعدك بيبقى حاجة تانية.

براء: يا سيدي على الحب.

نظر نور إلى حياة نظرة كلها حب وقال لها:

ـ إللي تؤمري بيه يا حبيبتي.

توجه نور إلى مكتبه، وأحضر الآيباد الخاص به، وبدأ يبحث عما سيقرأه، ثم نظر إليهم وقال:

ـ خلينا المرة دي شعر مش تأملات.

نقول بسم الله الرحمن الرحيم..

قصيدة العاشق المسكون

سكن هواكم بين الضلوع في.. سكون

وذاب الفؤاد في حبكم يوم بعد يوم.. بسكون

خليت بروحي إليكم دون البشر فوجدتكم فقط في.. السكون

سكنت إليكم بروحي وقلبي وجسدي حتى أصاب عقلي.. جنون

جنون العشق يتسلل إليَّ في.. سكون

تأبى الروح أن تفسر ما يحاول فهمه عقلي.. المجنون

تلقنه درسًا في الهوى عله يفيق من جنونه ويهدأ.. بسكون

آتي طوعًا أو كرهًا يا عقل مسَّه.. الجنون

لكني لن أشرح لك سر العشق والهوى الذي سكنني في.. سكون

لن أزعج روحي بعقلي وهي تهوى في.. سكون

فإما أن تقبل أن تظل كما أنت على حالك.. مجنون

وإما أن تسكن كما سكنني الهوى في.. سكون

فاختر ولا تزعج عاشقًا بلذة العشق.. مسكون

فذهب العقل ساكنًا للروح وقال اقبليني جندًا من جنودك في الهوى

فإني لا أقوى بجنوني على مجادلة عاشق.. مسكون

أتيت طوعًا إليكمُ بالعشق ساكن ومسكون

صفق الجميع، وانتظرهم نور قبل أن يبدأ بقصيدة أخرى:

قصيدة وديعة الرب

يا من سكنت فؤادي الذي ما كان ملكًا لي في الأصل

أعطيتني وديعة ولم تخبرني بأنك لم تغادرها من الأصل

حرست وديعتك فيَّ ومعي ظللت ومكثت

لطيفٌ بلطفٍ سكنت بداخلي وبقيت

راقبت بكل لطف زوار وديعتك وما تذمرت

صبورٌ صبرت حتى رحل كل الزوار وبقيت

وبكل رفقٍ أعلمتني أن قلبي ليس ملكًا لي من الأصل

فكيف لي أن أُسكِن فيه زوارًا وصاحب البيت ساكنٌ من الأصل

البيت بيتك عامرٌ بوجودك طول الوقت

فقط تجلى لمحبوبٍ طال انتظاره لحبيب ما غاب عنه قط

ولكنه هو الذي غاب عن جهل

ثم ألقى نور قصيدته الأخيرة:

قصيدة الوجود

أمت بداخلي كل ما يرى غيرك في الوجود

فأنت الوجود

وأحيي الحب بداخلي لكل ما هو موجود

فأنت موجود في كل موجود

فيا رب كل موجود

ويا خالق الوجود

أدم حبك في قلبي واجعله موجود دوام وجود الخلق في الوجود

واجعلني آتيك به قربانًا يوم تنادي على كل موجود
فأقدمه في حضرتك شفيعًا عن كل لحظةٍ سهوت فيها عن رؤيتك
في الوجود
صفقوا بشدة لنور ثم نهضت حياة واتجهت لنور واحتضنته معبرة
عن إعجابها بكلماته الصوفية في حب الله.
كانت رشا تراقب نظرات روح لذلك المشهد، ولاحظت أنها
تهرب بعينيها وتشغل نفسها بحمل أطباق بقايا المقبلات للمطبخ..
لم تكذب رشا نفسها فيما رأت.. لم تكن هذه المرَّة مجرد ذبذبات
شعرت بها، بل كان موقفًا مرئيًا وواضحًا.. عاد الجميع إلى أماكنهم
وتناولوا المزيد من المشروبات والمقبلات، وطلبت حياة من براء
أن يبدأ في وصلته الغنائية ويغني لها كل الأغاني التي تحبها.
براء: إنتِ تؤمري أمر.
ثم وجه كلامه لرشا التي لاحظ طول صمتها:
ـ تحبي تسمعي حاجة معينة يا رشا؟
رشا: كل الأغاني أحلى من بعض.. سمعنا إنت على ذوقك.
نظر براء إلى روح مبتسمًا وقال:
ـ أظن يبقى عيب أوي لو سألتك تحبي تسمعي إيه؟ أنا عارف
وهابدأ بيها كمان.
روح مبتسمة:
ـ يحليلي أيامك يا ملاك!
براء: توكلنا على الله.. بسم الله الرحمن الرحيم..
والله ما طلعت شمسٌ ولا غربت إلا وحبُّك مقرون بأنفاسي

ولا خلوتُ إلى قوم أحدِّثهم إلا وأنت حديثي بين جلاسي

ولا ذكرتك محزونًا ولا فَرِحًا إلا وأنت بقلبي بين وسواسي

ولا هممت بشرب الماء من عطش إلا رأيتُ خيالًا منك في الكاس

ولو قدرتُ على الإتيان جئتُكم سعيًا على الوجه أو مشيًا على الراس

كان المنزل تلفه حالة من الروحانيات: قصائد نور، وغناء براء، كان لهما تأثير واضح على الجميع، ونشر طاقة إيجابية عالية في المنزل كله.. استقبلتها الأرواح الصافية النقية الحاضرة بقلوب مفتوحة مرحبة بتجديد طاقة الحب بداخلها وشحنها.

في النهاية أهدى براء وصلته الغنائية إلى حياة، وصفق له الجميع، ثم اتجهوا إلى غرفة الطعام ليتناولوا العشاء.

كانت الأصناف كثيرة ومتعددة.. كان نور هو الذي أعد الطعام على شرف حياة، واكتفت حياة بإعداد طبق الكسكس المغربي فقط، فقد كانت تعلم ولع روح به.. كانت تأكله باليد لا بالملعقة كما يأكله أهل المغرب العربي.. تأخذ قدرًا قليلًا بأصابعها الصغيرة الثلاث السبابة والوسطى والإبهام وتضعها برقة في فمها.. كان مشهد تناول روح للكسكس بأصابعها مشهدًا مختلفًا، ولكنها مع ذلك كانت أكثر سحرًا.. كان نور ينظر إليها ويبتسم، بل ويعرض عليها المزيد من الكسكس وكأنه لا يريد لهذا المشهد أن ينتهي.. حتى حياة المغربية الأصول والنشأة والإقامة لم تكن تأكل الكسكس بالأصابع.

تناول الجميع الطعام في جو من الألفة والسعادة، وتمنوا لحياة رحلة عودة سالمة، ومؤكدين عليها أن تعود قريبًا وتمكث مدة أطول

في الزيارة القادمة.. انصرف الجميع، وبقي نور وحياة يقضيان آخر ليلة لهما معًا في القاهرة الساحرة كما تحب أن تلقبها حياة.

عادت رشا، وفي طريقها إلى منزلها كانت تسترجع ذكريات العشاء وجمال الصحبة.. استرجعت الجلسة بكامل تفاصيلها، ولكنها توقفت عند نظرة روح عندما رأت حياة تحتضن نور.

كانت روح متألقة جدًّا في هذه السهرة وكأنها بالفعل غسلت روحها في الواحات وعادت ببريقها يلمع أكثر وأكثر كما الكريستال الشفاف.. التساؤل الذي كان يسيطر على رأس رشا: كيف لسيدة بمواصفات روح أن تبقى وحيدة بلا رجل؟! كيف تظل سيدة بكل هذا السحر بلا زواج؟! كيف لم يدق قلبها لأحد؟! وكيف لم يخطفها أي من الرجال؟!

من الصعب جدًّا التكهن إذا كان قلب روح يدق أم لا.. فسحر روحها كان يحجب عن أي متطفل أن يكتشف ما إذا كانت تلك الروح عاشقة أم زاهدة.. كان نصف التساؤل الأول إجابته عند روح وحدها.. هي الوحيدة التي يمكنها أن تجيب: هل يا ترى قلبها يدق بحب رجل أم لا؟! أما نصف التساؤل الآخر فكانت تشعر رشا أن إجابته مع نور.. نور الذي تنبعث منه ذبذبات حب شعرت بها رشا برغم هالته النورانية التي تحميه وتحجب عنه أي اختراق.. فإذا كان نور بكل هذه القوة والنور لم يستطع أن يقاوم سحر روح ودق قلبه لها، فما بال باقي الرجال؟! مؤكد أن كل من يقترب منها يشعر بنوع ما من الانجذاب، ولكن رشا كانت على ثقة أنه لم يكن من بينهم من تجرأ على الاقتراب منها كما يقترب الرجال من النساء.. مؤكد

أنهم يرونها كرابعة العدوية أو مريم العذراء.. ومن ذا الذي يجرؤ على الاقتراب من مريم العذراء!

نعم إنها يجب أن تبقى جميلة نقية طاهرة تمامًا كمريم العذراء. ولكنها ليست روح العذراء... إنها روح المحبة.. فهل من العدل أن تبقى وحيدة بلا حبيب؟!

كانت هذه المرة تشعر بوجع في قلبها على حال روح.. لقد أحست أن روح بالفعل لديها أحاسيس تجاه نور، وأنها معذبة بالحب من طرف واحد... يا ليتني كنت أستطيع أن أزيل وجعك وأدخل السرور إلى قلبك كما تدخلينه إلى قلبي كلما تحدثت معك.. أيتها الروح المسكينة.. إنكِ حرمتِ من جمال ومن أمك وأبيك، وتعذبتِ مع زوج معقد، ومررتِ بتجربة زواج فاشلة.. وكأن هذا كله لا يكفي لتنالي من الوجع ما يكفيكِ طول العمر! بل زاد عليها الحب من طرف واحد... حب لحبيب تراه ولا يراها.. روحها تهيم حوله وروحه تحلق بعيدًا في ملكوت آخر، فذبذبات الحب التي تشعر بها بقوة تصدر من نور هي مجرد ذبذبات تعبر عن إعجاب أو مجرد خفقان قلب وسوف يتلاشى مع الأيام، فحب نور لحياة واضح.. حب رجل آثر البعد عن حبيبته إلى البقاء إلى جوارها لأن حبها يسكن قلبه والمسافات لم يعد لها في حبهما حسبان.

ترى ما هو المسمى الذي يندرج تحته سلوك روح وإحساسها بالحب من طرف واحد ومدى تحملها لكل هذا الألم في رحلتها؟ ما الخطوة التي كان عليها أن تخطوها لتتحمل كتمان ذلك

الحب والحرمان بداخلها ومع ذلك تمضي في طريقها بدون معرقل وتصل إلى السعادة التي تبدو عليها؟ وكيف تصف نفسها أنها سعيدة وهي محرومة من حبيبها؟ إنها سعادة غير مكتملة.. مسكينة أنتِ أيتها الروح!

٩

مضى أسبوع ولم تتصل روح برشا.. والشيء الغريب أن رشا أيضًا لم تتصل بروح.. والأغرب أنها لم تشعر بذلك الغياب.. لم تكن تنظر إلى هاتفها كل دقيقة كما كانت تفعل لتتأكد أن روح لم تتصل بها.. لم تشعر بتلك اللهفة لأحاديث روح كما كانت تشعر من قبل.. ولم تدفعها الحيرة والفضول للاتصال بروح.. شيء غريب وكأن روح أوصلتها إلى محطة وتركتها وقالت لها لا تبحثي عني حتى آتي إليك مجددًا.. لا تتحركي إلا بوصول القطار.. وعند وصول القطار لا تركبيه إلا بصحبتي.. فجلست تنتظر بكل أدب وصبر.

انشغلت رشا بالكتابة حتى شعرت بنضوب الأفكار في رأسها.. وبدأت بالتدريج تشعر بافتقادها لروح.. «كم مضى من الأيام ولم أحدثها؟ أين هي؟ ولماذا لم تتصل بي؟».. عادت مرة أخرى لحالة الحيرة والأسئلة والاشتياق.. أفاقت على رنين هاتفها.. كانت تعلم وهي ذاهبة لترد أنها روح.. كانت قد بدأت تتأكد أن هناك اتصالًا روحانيًا ما يربط بينهما، وأنها بمجرد أن فكرت بها شعرت روح بذلك واتصلت بها.

١٢٥

رشا: والله العظيم كنت عارفة إن إنتِ إللي بتتصلي!

روح ضاحكة:

ـ إحنا مش قلنا الأرواح عند بعضها.

رشا: يعني بجد إنتِ حسيتِ إن أنا كنت بافكر فيكِ؟

روح: مش بالظبط كده.. بس باحس بيكِ طبعًا.

رشا: طب اشرحيلي بَقه قبل ما أتجنن لو سمحتِ!

روح ضاحكة:

ـ العقل يسألك المدد.. بعد الشر عليكِ.

رشا: لا، ما فهمتش الجملة دي كمان.

روح: طب أقولك على حاجة حلوة.. ما تيجي نتقابل علشان إنتِ واحشاني أوي وأنا هافهمك لما أشوفك.

رشا: خدتيها من على لساني.. يلَّا نفس المكان بعد ساعة.

روح: نفس المكان بعد ساعة بإذن الله.

وصلت رشا مبكرًا هذه المرَّة، وجلست تقرأ وتعدل على كتاباتها الأخيرة لحين وصول روح.

وصلت روح فعانقت رشا بحب.. وكأن لقاءهما عند نور لم يروِ اشتياق كل منهما للأخرى بعد أسبوع الغياب في الواحات، وزاد عليه الأسبوع الماضي الذي لم يتصلا فيه ببعضهما.

روح: قوليلي بسرعة بتكتبي إيه؟

رشا: سلسلة جديدة ابتديت فيها مش من كتير ونفسي تكمل زي ما أنا عايزة.

روح: هتكمل إن شاء الله زي ما ربنا عاوزك تكمليها.

رشا: أكيد طبعًا.

روح: تحبي تحكيلي عنها؟

رشا: أحب أوي.. بس مش هاضيع الوقت فيها.. هابعتلك أول واحدة على الإيميل وهاستنى رأيك على نار.

روح: بعيد الشر عنك.. يجعلُّك النار نور إن شاء الله.

رشا: الله.. وحشتيني ووحشني كلامك الحلو.. سمعيني كمان.

روح ضاحكة:

ـ تسلملي روحك.. عايزة نتكلم في إيه النهارده؟

رشا: عايزاكِ تكملي بعد ما نور رجع من المغرب إيه إللي حصل معاكِ؟ إزاي قالك على رسالته ليكِ؟

روح: نور ما قالش حاجة خالص.. في الوقت ده أنا كنت طالعة من تجربة طلاقي ووفاة أهلي وطبعًا استشهاد جمال كمل عليَّ.. وبرغم إنه كان مر سنة على فراق جمال إلا إني كنت لسه ما طلعتش من دوامات الحزن إللي لفوني جواهم دوامة ورا دوامة.. كنت وحيدة وحزينة ومفيش في حياتي حاجة ولا حد غير براء.. يسعدهولي ربي ويحميه.. وصل نور وكلمني في التلفون.. استغربت أوي إنه كلمني مكالمة عادية وسأل عليَّ وعلى أحوالي عادي خالص وما جابش سيرة حاجة تانية.. بس في آخر المكالمة قالي إنه رجع مصر وهيستقر فيها خلاص وإني لازم أعتبره بدل جمال وإني لو محتاجة حاجة لازم أطلبها منه.

رشا: بس كده؟

روح: بس كده.. ما بقتش عارفة أعمل إيه؟ أحكيله أنا شفت إيه
ولَّا ما أحكيش؟ فضلت محتارة ومش عارفة أتصرف إزاي،
وهو بكل هدوء يتصل بيَّ كل كام يوم يسأل عليَّ ويطمن
ونتكلم في مواضيع عامة وخلاص.. لغاية لما واحدة
واحدة اتعودنا نتكلم كل يوم.. أنا أحكي وهوَّ بيسمع.. يرد
عليَّ ردود عمري ما فكرت فيها.. كان عنده طريقة ساحرة
بتخرج الأفكار مني ما أعرفش إزاي.. عودني أشوف الدنيا
من زاوية تانية.. زاوية ما كنتش واخدة بالي إنها موجودة..
علمني فلسفة جديدة للوجود.. فلسفة الله.

رشا: الله.. طب إديني أمثلة كنتوا بتتكلموا عن إيه؟!

روح: حاجات عادية خالص من الحياة.. مش حاجات عميقة
أبدًا.. يعني مثلًا في الوقت ده كنت ابتديت أحس إني مش
عايزة أشتغل في الشركات وإني مش مرتاحة في حاجات
كتير في حياتي زي ما قلتلك.. وكنت باحتاج أستشير حد
باثق فيه.. وهوَّ كان بالنسبة لي النسخة التانية من جمال إللي
ربنا بعتهالي.. كان بيساعدني أفكر بارتياح وبنظرة مختلفة
في كل قراراتي.. كان بيساعدني أتخلص من كل الحاجات
إللي كانت مغرقاني في الحزن ومسودة الحياة في نظري..
عودني أشوف الجانب الإيجابي في الحياة.. نص الكوباية
المليان.. هوَّ إللي علمني إزاي ما خافش.. علمني إن قلبي
مش موجود علشان أحب وأتجوز وبس.. علمني أن ليس
كل ما زهدت فيه كرهًا وليس كل ما دق قلبي له عشقًا، فإن

في القلب غرفًا كثيرة لم تفتح كلها بعد.. علمني أن القلب بيت الرب.. وأن الله محبة، والمحبة مش بس إللي بين راجل وست.. المحبة لكل الخلق.

رشا: يعني نور هو إللي ساعدك على كل التغييرات إللي حصلتلك من غير ما تحسي؟

روح: زي ما دايمًا باقول.. نور ما كانش بس نوري لكل حاجة حلوة، لا ده كان شمسي إللي مدفيني ومطمن قلبي.. أصله جالي بدعوة.

رشا: دعوة إزاي؟ مش فاهمة؟

روح: بعد جمال ووجع القلب إللي علِّم في القلب علامة كبيرة كنت بالاقي روحي بادعي في صلاتي دعوة واحدة بس: «رب هب لي من لَدُنك رحمة إنك أنت الوهاب».. كنت باستغرب أوي إن لساني ما بيدعيش غير بالدعوة دي.. كل ما آجي أدعي أي دعوة تانية ألاقي روحي ما باقولش غيرها.. لغاية ما ربنا بعتلي الرحمة.. بعتلي نور.. وهيَّ الرحمة إيه غير نور ودفا وقلب مطمئن ومش قلقان؟

رشا: الله على الجمال.. عندك حق والله.. طب وبعدين؟

روح: فضلنا كده شهور.. لغاية لما خطيت تقريبًا أول خطوة.

رشا: سلمتِ روحك للي خالقها تعيش زي ما هوَّ خالقها مش زي ما الناس عايزاها تعيش.

روح: يبعتلك الخير.. بالظبط.. وقتها نور عزمني على توقيع كتابه الجديد... كان أول كتاب لنور في الاتجاه الجديد

إللي تحول إليه.. كان الكتاب من أجمل ما يكون.. كنت باسمعه وهو بيقرا فقرات من الكتاب في الحفلة وأنا بابكي من الفرحة.. التأملات إللي بيكتبها بتلمس القلب والروح.. ساعتها بس ترجمة المنام بقت واضحة أُدَّام عينيَّ كأنها سطور مكتوبة ومستنية بس إللي يقراها.. الترجمة كانت بتقول إن نور تصوَّف، وإن التصوف سكتي أنا كمان إللي لازم أمشيها وراه.. سكتي للنور الجميل الكبير إللي دخلت جواه في المنام.. لقيت نفسي بعد الحفلة ما خلصت باقوله وعينيَّ كلها دموع «مبروك».. مبروك إللي كنت باقولها ما كانتش زي مبروك إللي كل الناس قالتهاله يوميها.. مبروك كانت على الحال إللي بقى فيه مش على الكتاب الجديد.. نور فهمني ورد عليَّ رد مختلف غير إللي رده على كل الناس إللي كانت بتباركله في اليوم ده.. نور ابتسم وقال لي «عقبالك».

أنا كمان فهمته وقلتله «هتساعدني؟».. قالي «أنا رجعت مصر أصلًا علشان أساعدك».

وقتها حسيت إني اترمى لي حبل من السما.. مسكت فيه واتعلقت بالجامد، ومن ساعتها واتفتحت في قلبي أوضة ما اتفتحتش لحد قبله أيًّا كان.. أوضة كلها نور وسلام.. أوضة عمري ما تخيلت إنها موجودة في قلبي ولا حتى إن هيبقى لها مكان.. أوضة موجودة جوه كل القلوب إللي خلقها الرحمن، بس إحنا إللي دايمًا ناسينها وقافلين عليها البيبان.

أحست رشا بسعادة روح وهي تروي هذا الجزء من رحلتها.. ربما لأن البدايات دائمًا هي أكثر صعوبة من أي جزء في أي تجربة. وربما لأنها تذكرت كيف كان حالها بعد فقدانها كل من تحب بالإضافة لتجربة زواج فاشلة.. كل ذلك في وقت كانت تشعر فيه أن عملها لا يوفر لها أي نوع من الرضا.. كانت مسكينة بكل ما تحمله الكلمة من معانٍ.

أنبت رشا نفسها على فهمها لمشاعر روح تجاه نور.. لقد وصفت لها روح بشكل واضح وصريح إحساسها بنور.. بل وكان ذلك من ضمن الدروس التي دربها عليها نور.. إن مشاعر الحب مشاعر نبيلة وطاهرة ونقية لا يجب أن نحصرها في قالب واحد.. قالب الشهوة والغريزة.. حتى لو كانت بين رجل وامرأة.. لقد خلق الله لنا قلوبًا بها غرف كثيرة ولكننا لم نفتحها كلها بعد.

التقطت رشا دفترها، وكتبت الخطوة الخامسة في خطى روح على طريق السعادة:

الخطوة الخامسة

ليس كل ما زهدت فيه كرهًا، وليس كل ما دق قلبك له عشقًا. فإن في القلب غرفًا كثيرة لم تفتح كلها بعد.

١٠

توفرت في ذلك اللقاء شحنة كبيرة لرشا، تحتاج إلى تفريغها في خواطر عكفت على كتابتها.. الخطوة الخامسة كانت واسعة وعميقة ومؤثرة.. عزمت رشا على أن تدرب نفسها هي أيضًا على النظر إلى الأشياء بتلك النظرة المختلفة.. شعرت أن الاتصال الروحاني بينها وبين روح يلعب دورًا في تدريبها نفسها على أشياء لم تكن تفكر بها، وأن هذا الاتصال بمثابة وحي يبث فيها الأفكار لسلسلة كتابتها الجديدة.. تيقنت أن ظهور روح في حياتها لم يكن صدفة.. إنه مكتوب ومقدر لتساعدها في الإحساس بالمعاني التي أحبت أن يقرأ الناس عنها فتكون أكثر صدقًا وتعبيرًا من الكُتَّاب الذين يكتبون دون تجربة فعلية.

«روح الجميلة النقية تروي لي أدق أسرارها بكل وضوح وشفافية، وأنا أتعامل معها بعكس ما تتعامل هي معي.. كيف تخيلت أنها تحب نور؟! كيف أسأت فهم هذا الرابط النقي الروحاني الذي يربط بينهما؟! كيف أسأت الظن بأنقى المخلوقات التي قابلتها في حياتي؟!

إنها لا تستحق مني ذلك! ولن أسامح نفسي أبدًا على هذا الخاطر! لن أسامح نفسي إلا إذا سامحتني هي! وهي صاحبة قلب كبير وتسمو على كل هذه الوساوس الشيطانية.. إنها سوف تسامحني.. أنا أعرفها وأعرف قلبها جيدًا.. سوف أفعل كما فعل أبي آدم.. أعترف بخطئي وأطلب السماح.. سوف أذكرها كيف أن الله سامح أبانا آدم، وبالطبع سوف تسامحني هي.. لن أستطيع أن أنام وقلبي يحمل هذا العبء.. سوف أتصل بها الآن».

رشا: آلو.. روح إزيك؟

روح: أهلًا حبيبتي.. أنا بخير الحمد لله.. إنتِ مالك؟ فيكِ إيه؟

رشا: أبدًا مفيش حاجة!

روح: لا، إزاي؟ أنا حسيت بيكِ.. يا رب خير.

رشا: بصي يا روح، أنا بجد مش هاعرف أنام غير لما أقولك الكلمتين إللي طابقين على نفسي!

روح: بعيد الشر عنك يا عمري.. كلمتين إيه؟

رشا: والله إنتِ بتصعَّبي الموضوع عليَّ بكلامك الحلو ده! شوفي إنتِ بتقولي إيه وأنا بافكر في إيه؟!

روح: فيه إيه يا رشا؟ بتعملي كده ليه في روحك؟ زيحي إللي مضايقك عن صدرك!

رشا: بصي يا روح.. إنتِ عارفة طبعًا إن أنا غيرك.. ومن الكلام إللي إنتِ بتحكيه ليَّ إنتِ وصلتِ بنفسك لمرحلة سامية جدًا من التفكير والتعامل مع البشر والإحساس.. أنا غيرك.. أنا لسه ما وصلتش لكل الجمال ده... بس أنا باحاول والله!

روح: أنا ابتديت أقلق يا رشا! فيه إيه؟

رشا: فيه إن أنا عملت زي أي حد متخلف، وفكرت فيكِ بسطحية وبطريقة مش ممكن حد يفكر بيها معاكِ إنتِ بالذات!

روح: طب وإيه يعني؟ قلتِ عليَّ ملمِّسة ولَّا مجذوبة؟ طب ما كل الناس بتفكر في كده! والله إنتِ جميلة.. إيه إللي حصل يعني علشان تعملي كده في روحك؟!

رشا: لا يا روح.. أنا أوحش من كده بكتير.. أنا تخيلت إنك بتحبي نور!

روح بهدوء شديد:

ـ إنتِ ما تخيلتيش.. إنتِ حسيتِ.

رشا: أيًّا كان المسمى.. في الآخر أنا ظلمتك!

روح: مين إللي قال إنك ظلمتيني؟!

رشا: طبعًا ظلمتك.. لما أفهم العلاقة النبيلة والرابط الروحاني السامي إللي بينك وبين نور على إنه حب يبقى ظلم وظلم بيِّن كمان!

روح: ما هو أنا باحب نور فعلًا.

رشا: إنتِ برضه مش فاهمة قصدي.. أنا عارفة إنك بتحبي كل الناس طبعًا.. أنا باتكلم عن الحب التاني.. فاهمة قصدي؟

روح: فاهماكِ يا رشا.

رشا: أنا آسفة يا روح.. سامحيني أرجوكِ!

روح: مفيش حاجة أسامحك عليها.. إنتِ ما ظلمتنيش ولا حاجة، إنتِ حسيتِ بقلبي علشان روحك صافية وقلبك حاسس

بيِّ.. إحساسك بيَّ ده رحمة من ربي.. علشان هو عارف أد إيه السر تقل على قلبي ومش هاقدر أشيله أكتر من كده لوحدي.. ربنا بعتك ليَّ علشان تشيليه معايا.. إنتِ ما ينفعش تأنبي نفسك على إحساسك بيَّ.. ولا تطلبي مني أسامحك على رحمة ربنا إللي بعتك بيها ليَّ!

رشا: يعني إيه يا روح؟

روح: يعني إللي إنتِ حسيتِ بيه ده حقيقي، وعمر القلوب ما بتكدب في إحساسها بالحب.. أنا فعلًا باحب نور.. الحب إللي إنتِ حسيتِ بيه وأكتر بكتير!

رشا: بتحبي نور؟! أنا مش مصدقة! إزاي؟!

روح: صدقي قلبك وصدقيني.. نامي يا روحي دلوقتِ.. الوقت اتأخر.. بُكرة إن شاء الله أقولك إزاي.

رشا: أنام؟! أنام إزاي؟!

روح: الكلام دلوقتِ ما منهوش فايدة.. صدقيني نامي دلوقتِ وبُكرة هتفهمي كل حاجة.

رشا: هاحاول.. تصبحي على خير.

روح: تصبحي على أنوار.

لم تستطع رشا أن تنام تلك الليلة.. أمضتها بين التفكير والحيرة والألم.. لقد شعرت مجددًا بالعطف على روح، بل بالحزن على روح وما تحمل بقلبها من ألم وحرمان.. لقد أقرت هي بنفسها أن الحمل ثقيل، وأنها لم تعد تستطيع حمله وحدها.

قامت رشا لتصلي وتدعو الله أن يجبر قلب روح، وأن يأجرها على

صبرها وحبها وحرمانها وأن يبدل الألم فرحًا.. دعت كثيرًا وكثيرًا.. كانت صلواتها في تلك الليلة كلها دعاء لروح.. كلها مناجاة لله لتخفيف الحمل عن روح.. فهي وإن حملت معها السر فلن تستطيع أن تحمل معها ألم الحرمان في الحب.

صلت الفجر، واسترخت علَّها تغفو قليلًا، ولعل ساعات النهار تأتي وتتحدث روح.. ولكن الاتصال بينهما كان موصولًا ولم ينقطع.. جاءها رنين رسالة على هاتفها المحمول.. أسرعت تلتقطه وهي متأكدة أنها من روح.. كانت الرسالة تقول:

حبيبتي، لو صاحية أقدر أكلمك؟

لم ترد رشا على الرسالة برسالة.. اتصلت فورًا بروح.

رشا: صباح الخير يا حبيبتي.. إنتِ كمان ما عرفتيش تنامي؟

روح: صباح الأرواح الصافية.. حسيتِ بيَّ إني ما عرفتش أنام؟ مش باقولك الأرواح عند بعضها.

رشا: أنا كمان زيك ما عرفتش أنام.

روح: تسلملي روحك.. رشا أنا حاسة إني عايزة أروح لأمي أوي.. تحبي تيجي معايا؟

رشا: يا حبيبتي.. عايزة تطلعي المقابر لمامتك؟

روح: لا مش المقابر.. أنا قصدي ستنا نفيسة.. أمي.

رشا: أمك إزاي يعني يا روح مش فاهمة؟!

روح: هافهمك.. تحبي نصلي الضحى عندها وبعدين نفطر سوا وإحنا بنتكلم؟

رشا: أحب أوي.

روح: مسافة الطريق وأبقى عندك.

كانت تلك الزيارة إلى السيدة نفيسة هي الأولى لرشا، تمامًا كما كانت زيارتها السابقة إلى السيدة زينب.. هذه المرَّة لم تشعر رشا بنفس مشاعر التخبط والارتباك التي شعرت بها في زيارتها إلى أم العواجز.. ربما لأنها كانت حزينة على حال روح، وربما لأنها كانت قد أزالت كل شكوك الشرك بالله التي كانت عالقة برأسها في زيارتها الأولى، أو ربما لأن قلبها كان قد بدأ يتعلق بحب آل البيت.

دخلت الروحان وصلتا صلاة الضحى في المسجد، وتوجهتا إلى المقام الشريف.. اقتربت روح من المقام، وجلست على الأرض أمام السيدة نفيسة.. أسندت وجهها على حديد المقام وأغمضت عينيها وانغمرت في البكاء الصامت.. كانت رشا تنظر إليها وتعلم أنها تشكو وجيعة قلبها للسيدة نفيسة أو لأمها كما قالت.. تركتها تستغرق في حالتها ولم تزعجها بالقرب.. جلست بعيدًا تدعو وتقرأ القرآن حتى مسحت روح دموعها وابتسمت وسلمت على نفيسة العلم.. ثم أشارت لرشا بأنها انتهت فأقبلت عليها رشا وأمسكت يدها وطبطبت عليها برقة وخرجتا معًا من المسجد.

اصطحبتها روح لأحد المقاهي القريبة من المسجد وجلستا هناك.

روح: ربي يسعدك ويهنيك يا براء.. هوَّ إللي عرفني على المكان ده،، وهوَّ إللي دوقني الفول بتاعهم أول مرَّة.

رشا: براء ده جميل أوي وبيحبك!

روح: عندك حق.. بيحبني، بس مش زي حبي لنور.

رشا: لو مش عايزة تتكلمي ما تتكلميش يا روح، أنا فاهمة إن دي حاجة خاصة بيكِ ومقدرة.

روح: أنا كلمتك علشان عايزة أتكلم معاكِ.. أنا رميت كل الوجع عند أمي جوه وهاتكلم معاكِ من غير أي وجع خلاص.. أنا اتأذنلي أحكيلك.

رشا: اتأذنلك من مين؟

روح: من ربي.. أنا حسيت بكده في قلبي.

رشا: اعملي إللي يريحك يا روح.

روح: يريحلي قلبك الدهب.. أنا فاكرة اليوم ده كويس أوي كأنه إمبارح.. من سنتين كنت راجعة من زيارة أمي وأبويا، وجمال طبعًا.. كنت راجعة من المقابر وكانوا واحشني جدًّا.. وحتى الزيارة والقرآن ما برَّدوش قلبي.. كنت بابكي كتير.. كنت مليانة بكمية من مشاعر الحزن والوحدة والوحشة إللي توجع أي قلب.. كنت حاسة بالوحدة أوي.. كانت أقصى أمنية ليَّ هيَّ حضن.. حضن يحتويني وأترمي فيه وأرمي فيه كل أحاسيس الحزن والألم إللي كان ماليني ساعتها.. لقيت نفسي رجليَّ جايباني على ستنا نفيسة.. بعد ما صليت ودعيت لقيت روحي باغمض عينيَّ وباقول بقلبي: «احضني بقوة.. احضني حتى لا أشعر بأنني بين البشر، واملأني بالنور مجددًا.. احضني فإنه لم يبقَ من الذين كانوا يحتضنوني أحد.. احضني كي أستطيع أن أعود كما كنت.. أعود

لأحتضن من يحتاج إلى حضن كما أحتاجه أنا الآن.. احضني فإنه لا ملجأ ولا منجى منك إلا إليك».. فضلت أكرر «لا ملجأ ولا منجى منك إلا إليك» كتير، ما أعرفش كام مرة.. فجأة حسيت إني عايزة أنام وعمّالة باتاوب كتير.. قلت أكيد البكا تعبني.. بصيت جنبي لقيت حتة جنب عمود عند المقام فاضية.. رُحت أقعد على جنب شوية أسند راسي.. سندت راسي ونعست.. ما أعرفش نعست دقيقة ولّا ستين.. بس إللي عارفاه إني شفت ستي في المنام جايالي وفي إيدها طرحة تُل بيضا زي بتوع العرايس.. الطرحة كانت كبيرة وطويلة.. حطتها على راسي ولفت معايا حد جواها.. لفتنا بالطرحة وهيَّ بتبتسم وقالتلي أنا أمك وأمه.

صحيت من المنام وحالي غير الحال.. لقيت وشي متبسم.. وحسيت في قلبي بميت طير وطير بيرفرفوا جوايا بجناحاتهم.. حسيت إن الأرض مش شايلاني من الفرحة، وإني كنت عروسة في الجنة والملايكة كانوا بيزفوني وأمي كانت ملبساني الطرحة وللعريس مزوقاني.. بس مين العريس؟

وش العريس ما كانش باين في المنام.. فجأة لقيت نور جه في بالي وكأنه كان معايا في الفرح وواقف في الزفَّة كمان.. قمت لأمي وقلتلها: «يا ريحانة آل البيت.. يا طاهرة.. يا أمي وأمه.. إللي أنا شفته ده شيء جميل وجماله يفوق أي جمال.. بس أنا ما شفتش مين إللي

لفتيه معايا في الطرحة وقلبي كان بيه فرحان.. دليني يا أمي.. إنتِ أم مين غيري كمان.. مين إللي قصدتيه في المنام.. نور يا أمي هوَّ إللي لفتيه معايا في التُّل الأبيض في المنام؟».

فجأة لقيت نقطة ميه نزلت على إيدي ما أعرفش منين ولا إزاي.. شمِّيتها لقيت ريحتها ريحان.. فرحت زي العيال وسألتها تاني كأني باتأكد إني مش بيتهيألي: «مين يا ريحانة إللي إنتِ هتجمعيني بيه وتزفيني عليه؟ مين وحياة حبيبي وحبيبك النبي؟ مين؟».. فجأة لقيت حارس المقام بيقول بصوت عالي: «مدد يا علوم مدد.. نور على نور».. فضل يقول بصوت عالي مسموع: «نور على نور».. كأنه بيسمعني وبيأكدلي إن إللي ستنا لفتني معاه في التُّل هوَّ نور.

فرحت بدل الفرحة فرحتين.. فرحتي إن ربنا هيبعتلي إللي يملا عليَّ حياتي ويعوضني بيه عن أهلي، وفرحتي إن الحد إللي ربنا اختاره ليَّ هوَّ نور.. لقيت روحي مش حاسة بأي حد وباغني زي المجاذيب على جنب.. كنت باغني صحيح أُدَّام الكل، بس كنت باغني كأني أنا وستي في حتة تانية بعيد مش عند المقام، ويمكن حتى مش في الأرض.. كنت باقولها: «تسلميلي يا ست الكل.. يا عود ريحان وعودين ورد وفل.. يا أمي وأمه وأم الكل».

خرجت من عند ستي فرحانة وقلبي بيرقص.. إيه الفضل

ده كله يا رب.. أنا ونور؟ فيه إيه ممكن يكون أجمل من كده؟ إنتِ عارفة شمس التبريزي كان إيه للرومي؟ أنا بَقه نور مش شمسي وبس، ده شمسي وقمري والنجمة البعيدة إللي في السما فوق إللي جمالها بيبهر كل العيون، وتشب له الرقاب علشان بس تشوفه من بعيد لبعيد، مش عشان تقرب منه وتبقى في حرمه.. أنا بَقه هابقى حرمه.. إزاي بَقه قلبي ما يرقصش من الفرحة؟ الفرحة نستني إن نور متجوز.. نستني أستوعب الحقيقة إللي أنا عايشاها.. نستني أفكر وأفهم.. لغاية ما جالي الأمر لما رُحت بالليل ونمت.. شفت في منامي إن أنا ونور واقفين تحت شجرة رمان.. عنينا كانت متعلقة عليها.. بس عنينا كان كلها حرمان.. الرمان كان قريب لكن إيدينا مش طايلاه.. صحيت من منامي فاهمة إن الفرحة إللي ربنا كتبهالنا متأجلة شوية.. وإن الزمن إللي هيجمعني بنور هوَّ زمن فات قبل الخلق بس هييجي تاني ونتجمع مع بعض.. الزمن ده إللي ربنا خلق فيه أرواحنا من بعض.. لكن في الدنيا إحنا متحرمين على بعض.

رشا: يعني إيه يا روح؟ يعني إنتو مش هتتجمعوا في الدنيا؟!

روح: الدنيا ضيقة على قلوبنا الخضر.. ربنا قسم لينا اللقا عنده مش عند الخلق.. الأمر جالي في منامي وكان واضح.. إنتو مش لازم تتجمعوا على الأرض.. الأرض محكوم عليكو فيها بالبعد.. ياما ليالي مرت عليَّ صعبة كنت باكلم ربي في

عز الليل وأناجيه باللسان والقلب.. كنت باقوله: «يا رب كل الخلايق.. خلقت روحي وروحه حبايب.. جمعنا عندك في أي مكان في ملكوتك الواسع.. علشان الدنيا كل ما حبنا بيكبر بتضيق علينا، مش بتساع قلوب دايبة في الحب والحب فيها دايب».

رشا: حبنا بيكبر؟ أفهم من كده إن نور كمان بيحبك؟

روح: نور قلبه من قبل كده بكتير كان شايل حبي ومحروم.. ممنوع عليه يقولي أو يلمح أو حتى يحوم.. نور لو أنا باتعذب عذاب المحروم هوَّ بيتعذب عذاب صاحب الحوت وهوَّ مكظوم.. كان حاله من حالنا تمام.. محبوس والحبسة كانت عليه وعلينا أمر محتوم!

رشا: مش قادرة أستوعب.. وعرفتِ منين إن هوَّ بيحبك وإنه بيتألم كل الألم ده؟

روح: ما إحنا بنتقابل.

رشا: بجد؟ اتصارحتوا يعني؟

روح: أبدًا، ولا هيكون.. لما العذاب في قلوبنا بيزيد بيحن علينا الودود... بيجمع أرواحنا في ملكوته.. نشوف بعض في المنام بيلفنا نور.. نسبح سوا الرحمن ونعود.. نتصبر شوية لغاية ما الجسد فينا يفنى ونتقابل في وقت عنده هوَّ معلوم.

رشا: طب أنا أقدر أفهم إنك تحبيه، بس هوَّ يحبك وهوَّ بيحب حياة كل الحب ده إزاي؟!

روح: نور اتبعتله حبي زي ما حبه اتبعتلي بالظبط، بأمر الرحمن، ولأنه فاهم إن القلب محدش له سيطرة عليه استوعب تمام إن حبنا مش لنفس الزمان والمكان إللي جمعه مع حياة.. حبه لحياة حب وجوده في الدنيا والحياة، أما حبنا فهو حب الأرواح إللي قسمها لبعض خالق الموت والحياة.

رشا: بس أكيد دي حاجة صعبة أوي عليه.. يا عيني يا نور!

روح: حبيبي شيخ مربي.. يعني ربنا منحه هبات وعطايا ما منحهاش لكل الناس.. جهاد النفس مش سهل.. بيحتاج مدد ووصل وحبيبي بيحب الله وبيستعين بالمعين على الحرمان.. كل ما باتعذب بادعيله هوَّ مش بادعي لروحي لأن حاله أصعب مني.. ربنا يصبرنا على البعد، والله هو المستعان.

رشا: طب هوَّ شيخ مربي وعنده قدرات وفهمناها.. لكن إنتِ إزاي بتقدري تبقي طبيعية وكل ده جوّاكِ وإنتِ بتتعاملي معاه؟

روح: ما أعرفش إزاي لما بابقى معاه وبيبقى شيخي ما باحسش بحاجة غير إني باتكلم مع الشيخ الجيلاني في صورة نور.. وده لوحده كفيل إن مفيش أي حاجة تخطر في بالي غير حب الله والعلم والنور والسلام.. حُكم ربنا بَقه.. هنقول فيه إيه؟

رشا: طب وحياة، عمرها ما حست بحاجة؟

روح: إللي جوانا ستره الستار.. مين إللي ممكن يشوفه؟

رشا: وإنتِ إزاي وإنتِ بتحبيه كل الحب ده بتستحملي تشوفيه مع حياة؟

روح: هتصدقيني لو قلتلك إني باحب حياة؟ والله باحب حياة وعمري ما حسيت بأي حاجة غير الحب ناحيتها.. أصل إنتِ ما قربتيش من حياة وما عرفتيهاش زي ما أنا أعرفها.. حياة دي زي اسمها، كلها حياة.

رشا: مش ده قصدي يا روح.. أنا قصدي إزاي تحبيها وإنتِ بتحبي نور؟

روح: حبي لنور حب مش من الدنيا.. حب ما تنطبقش عليه معايير الدنيا والناس.. يعني الغيرة والتملك والسيطرة أحاسيس مش باحسها خالص في حبي لنور.. حبي لنور حب أرواح والأرواح كلها نور وجمال.. وبعدين أنا باحب حياة من قبل ما ربنا يحط حب نور في قلبي.. مش هوَّ برضه إللي أمرني أحبها؟ يبقى هوَّ الوحيد إللي ممكن يشيل من قلبي حبها، وهوَّ كمان إللي لسه عايزني أفضل أحبها.. ينفع نسأله ليه وهوَّ قال: «لَا يُسْئَلُ عَمَّا يَفْعَلُ وَهُمْ يُسْئَلُونَ»؟

رشا: سبحان الله! أنا عمري ما شفت حد بيحب حبيب حبيبه؟

روح: أهو ربنا حطها على لسانك.. يا جمالك يا الله.. حبيبة حبيبي.. باحبها لأن حبيبي بيحبها.. وإزاي ما أحبهاش وهيَّ حبها بيسعد قلبه في الوقت إللي حبي بيعذبه.. باحبها عشان حبي لنور خلاني أحب أي حاجة قريبة منه أو حتى مرت في عمره أو ليها أي صلة بيه.. دا أنا باحب

الهوا اللي حواليه، يبقى إزاي ما أحبش الست اللي بتحبه وتحضنه وتخاف عليه؟ إزاي ما أحبش الصدر الحنيِّن اللي نور بيسند راسه عليه؟ إزاي ما أحبش القلب اللي بيساع قلب نور كل ما حبي يوجعه وحمل حرمانه مني يتقل عليه؟

رشا: أنا مش مصدقة إن في حد عايش بكل ده جواه.. وأنا اللي كنت فاكرة إنك سعيدة بجد زي ما باين عليكِ وزي ما إنتِ بنفسك قلتِ.

روح: مين اللي قال إني مش سعيدة؟ أنا سعيدة جدًّا كمان.. بس هوَّ مش ربي قال: ﴿أَحَسِبَ ٱلنَّاسُ أَن يُتْرَكُوٓا۟ أَن يَقُولُوٓا۟ ءَامَنَّا وَهُمْ لَا يُفْتَنُونَ﴾؟

كان لازم ربنا يبعتلي حاجة يفتني بيها ويعلمني إزاي أصبر وأتعامل معاها وأفهم حكمته إيه منها.

رشا: وفهمتِ إيه يا روح؟

روح: فهمت يعني إيه إن قلبي بين إصبعين من أصابع الرحمن يقلبه كيف يشاء.. كنت دايمًا باشوف نور جمال جديد وعمري ما شفته بأي طريقة غير إنه عوض من ربي.. عوض عن أخويا وصاحبي وظهري وسندي اللي مات وسابني أعيش بين شوية صور قديمة وذكريات طفولة وشباب، خايفة بيجي عليَّ وقت ما أفتكرهاش.. كان نفسي أشوفه شعره أبيض وأتسند عليه حتى وهوَّ عجوز.. كان نفسي أشوفه لما هيعجز هيبقى شكله إيه.. بس ربنا

أراد إنه ما يعجزش وشعره ما يشيبش ويموت زي القمر شهيد.. نور كان في عينيَّ جمال، بس إللي هيشيب.. كنت دايمًا بافكر إني لو حبيت هاقوله هوَّ أول واحد، وأبقى نفسي أعرف رأيه فيه.. كنت معاهدة نفسي إني أقول لحبيبي لو عايز تطلبني للجواز اطلبني من نور.. كنت دايمًا باتخيله الشاهد على عقد جوازي وإللي بيوصي عريسي ما يزعلنيش.. إزاي فجأة أشوفه حبيب؟ بس ربنا خلاني أشوفه حبيب وأحلى حبيب.

اتعلمت لما ربنا خلاني أحب نور إن إللي أحسه في قلبي لازم يكون مظبوط.. لأن إللي بيحكم على القلوب ويتحكم فيها هوَّ ربي المعبود.. يبقى نمشي ورا قلوبنا وإحنا مغمضين.. القلوب ما بتكدبش.. دي بيوت ربنا، وبيوت ربنا دايمًا طاهرة ونظيفة وريحتها حلوة ما بتشيلش جواها غير الطاهر الجميل.. ما بتشيلش جواها غير الحب.. القلب بيت الرب.. فَطَهِّر بيت الرب كما أمرك.. طهر بيته بالحب ليكون مصباحك المنير للحب.. لكل أشكال الحب.

ارتاحت روح بعد أن أخبرت رشا بسرها، وارتاحت رشا بعدما استمعت إلى روح، وبرغم إدراكها لتقبل روح لحكم الله عليها بالحب والحرمان بنفس راضية مرضية إلا أنها لم تستوعب كيف تعيش بكل هذا الألم.. فهي لم تصل بعد إلى مستوى روح في السمو الروحاني والارتقاء بالنفس.. ولكنها ذكرت نفسها بكلام روح، وأنها لا يجب أن تستعجل الانتقال بين المحطات، وأن عليها أن تعطي كل شيء

حقه ووقته للفهم والإحساس.. دونت الخطوة السادسة في دفترها.. دفتر خطى روح على طريق السعادة:

الخطوة السادسة
القلب بيت الرب.. فَطَهِّر بيت الرب كما أمرك.. طهر بيته بالحب ليكون مصباحك المنير للحب.. لكل أشكال الحب.

فهمت رشا أن ما تقصده روح في تلك الخطوة هو أن ما شعرت به تجاه نور كان إحساسًا صادقًا من الله.. وضعه الله بقلبها وقلبه.. ولم يكن تعلقًا نتيجة للوحدة التي كانت تشعر بها.. وأن الله اختار لها أجمل مما كانت هي قد تختار لنفسها.. اختار لها نور.. نور صاحب الهالة النورانية لينير قلبها وروحها وينير طريقها إليه.

وضعت رأسها لتنام بعد هذا اليوم الحافل، أغمضت عينيها وحدثت ربها بقلبها كما تفعل: «يا رب أنا باحبك وباحب حبيبك المصطفى عليه أفضل الصلاة والسلام.. وباحب روح وعارفة إنك بتحبها.. يا رب اجبر كسر قلبها دي جميلة وبتحبك أوي.. يا رب طبطب على قلبها.. يا رب وحياة حبيبك وحبيبي طب القلوب، طيب قلبها من الوجع إللي جواه... اللهم صلِّ على سيدنا محمد طب القلوب ودوائها، وعافية الأبدان وشفائها، ونور الأبصار وضيائها، وعلى آله وصحبه وسلِّم».

١١

راحت رشا في نوم عميق.. نوم مختلف.. أحست أن جسدها نائم مكانه ولكن روحها ذهبت إلى مكان آخر.. فجأة اختلطت في أذنيها أصوات تواشيح مع أصوات ترانيم.. شمت رائحة ريحان وعنبر وماورد.. رأت نورًا كبيرًا شفافًا.. كيف يكون النور شفافًا؟ لكنه كان بالفعل شفافًا.. رأت خيالات خلف النور تعبر خلاله باتجاهها.. كانا نور وروح يعبران باتجاهها.. بدَوَا أجمل وأسعد ويحيطهما النور من كل جانب.. كانت روح تنظر إلى رشا وعيناها كلها سعادة.. كانت عيناها تقولان لها «ها نحن معًا كما أخبرتك عن لقاءاتنا في العالم الآخر».. كانت ترتدي فستانًا حريريًا أخضر ناعمًا وطويلًا.. نور كان ينظر إليها مبتسمًا بحب.. نظر نور إلى رشا وأعطاها مفتاحًا.. أمسكت رشا المفتاح وتساءلت لأي شيء ذلك المفتاح؟ لم يجبها ومضى مع روح.. عبرا خلال النور للجانب الآخر عائدين حتى غابا، وتلاشت أصوات التواشيح والترانيم، واختفت رائحة العنبر والريحان.. ورشا ما زالت تسأل: «لأي شيء المفتاح؟ لأي شيء المفتاح؟».

استيقظت رشا ونظرت حولها.. هل كانت في مكان آخر بالفعل أم أن قصة روح لعبت برأسها واقتحمت أحلامها أيضًا كما اقتحمتها في اليقظة؟ ترى ما هو تفسير ذلك الحلم؟ ولماذا أعطاني نور مفتاحًا؟ ماذا يعني ذلك المفتاح؟ هل معناه أن نور هو شمسي الذي أبحث عنه؟ هل ذلك المفتاح هو رمز لأن نور سوف يكون سببًا لفتح أبواب طالما طرقتها ولم تفتح لي؟ هل هو من قصده الدكتور مصطفى محمود؟ ترى هل هو شمسي الذي يأتي في كل عصر باسم مختلف وشكل مختلف ويرحل عندما تنتهي مهمته؟ هل هو أنت يا نور؟ هل سوف أخوض تجربة روح معك وأنال تجربتي الذاتية؟ هل جمعتنا الأقدار لأجد طريقي وأبدأ رحلتي لمستويات روحانية أعلى؟ هل هو من سيعلمني أن أسبح في عالم اللاحدود ويطلق روحي في مُلك الله؟ هل أخيرًا سأقولها: كن أنت شمسي وأنر لي طريقي؟ نعم ما زلت أذكر الهاتف الذي همس برقة في أذني بها.. بل وأتحرق شوقًا لقولها، وبشروق كل شمس جديدة وبغروبها يزداد شوقي لشمسي.. أجدد الأمل مع كل شمس تشرق، ولكني لا أفقده عند الغروب.. فأنا أعلم أن كل شمس تشرق تأتي بشمسٍ لشخص على ظهر الأرض، وكل شمس تغرب تذهب لتحضر شمسًا آخر لشخص ما في مكان ما على الأرض.. ويبدو أن اليوم جاء دوري وسوف أقولها، لا بل سوف أتغنى بها: لقد وجدت شمسي!

احتارت رشا كيف ستخبر نور عن إحساسها بأنه شمسها.. ولكنها تذكرت لقاء شمس التبريزي بجلال الدين الرومي، وكيف أن شمس

كان يعرف جلال من قبل.. إذن تلك هي طبيعة الأمور.. الشموس تعرف طالبي نورها قبل أن يعرف الطالب نفسه.. سوف أنتظر حتى يخبرني هو.. هكذا يجب أن ينتظر طالب العلم بكل أدب إشارة القبول من معلمه.

جلست وكلها طاقة تكتب حصيلة أمس من المعاني التي استخلصتها من روح، وشعرت بتطور واضح وارتقاء جديد في المعاني انطبعا على خواطرها الجديدة.

لم تعد خواطرها مجرد دعوة للخير والحب والسلام.. كان بها ارتقاء عن المشاعر الدنيوية.. بها زهد حقيقي.. زهد في حب.. وإيمان بالحياة في العالم الآخر.. العالم الحقيقي.. عالم النور.. عالم الأرواح التي تتآلف في الدنيا لأنها تعارفت من قبل.. وسوف تلتقي ثانية بعد زوال الخلق.

رن هاتفها معلنًا عن وصول إيميل.. نهضت سريعًا وهي كلها أمل أن يكون إيميلًا من نور.. شمسها.. وفعلًا كان هو:

العزيزة رشا

أعتذر عن انشغالي الفترة الماضية، وعدم تقديم شكري أنا وحياة لكِ لتشريفك منزلنا في تلك الليلة الجميلة.

فكرت أن أطلب منكِ أن تساعديني في إقناع روح بالاشتراك في الأمسية الشعرية للهواة. الأمسية ستقام بدار الأوبرا الأسبوع القادم. روح فعلًا موهوبة، وأشعارها تستحق أن ترى النور. لقد حاولت معها ولكنها غير مهتمة. أعلم أن صداقتكما أصبحت

عميقة، وأنها تحبك جدًّا. روح تستحق كلمات تشجيع وإطراء وأنا متأكد سوف تستفيد جدًّا من اشتراكها في هذه الأمسية، خصوصًا أن شعراء كبارًا سيكونون بين الحضور.
شكرًا مقدمًا لتعاونك معي وأتمنى لكِ يومًا سعيدًا.

نور

قرأت رشا الإيميل، وتخيلت أنه إشارة البدء.. تخيلت أن نور هكذا سوف يبدأ مرحلة تدريبها كما فعل مع روح.. لقد ذكرت لها روح أنه عندما عاد من المغرب وحادثها لم يتطرق لأي شيء غير عادي.. كانت مجرد اتصالات هاتفية للاطمئنان عليها، ثم تطورت لأحاديث أعمق في الحياة والفلسفة والدين.. هذا هو أسلوبه.. إن شمسي له أسلوب مميز.. أسلوب هادئ لكن مؤثر.
كتبت الرد فورًا نور.. لم تتردد في أن تبدأ الإيميل بكتابة «العزيز» كما حدث في المرَّة السابقة.. وإن لم يكن شمسي ومعلمي عزيزًا فمن يكون إذن؟ الآن لا مجال للتردد أو الحيرة:

العزيز نور
ليس هناك داع للشكر. لقد استمتعت جدًّا بصحبتكم تلك الليلة كما استمتعت بشدة بأشعارك الصوفية الرقيقة.
يسعدني كثيرًا أنك فكرت أن أساعدك في المحاولة مع روح.. بكل سرور سوف أحدثها وأخبرك بأخبار سعيدة إن شاء الله.
أتمنى لك يومًا سعيدًا.

رشا

لم يكن هناك مجال للتأجيل.. الوقت ضيق ويجب على روح أن تسرع بالتقدم للأمسية قبل إغلاق باب التقديم.. اتصلت رشا بروح على الفور.

رشا: إزيك يا حبيبة قلبي.

روح: يسلملي قلبك.. أنا في نعمة الحمد لله.

رشا: يعني أحسن من إمبارح؟

روح: يا عمري إنتِ.. دي كانت موجة مش أكتر.. لكن أنا نور جوايا ما بيفارقنيش.. نور في أطهر حتة فيَّ.. قلبي.

رشا: ربنا يريح قلبك.. أهو بَقه أنا باكلمك علشان إللي ساكن أطهر حتة ده.

روح: فيه إيه ما فهمتيهوش إمبارح عايزة تسألي عليه؟

رشا: لا خالص.. أنا باكلمك علشان نور طلب مني أساعده في إقناعك بموضوع اشتراكك في الأمسية الشعرية.

روح: هوَّ لسه مصمم؟ ما أنا قلتله مش عايزة!

رشا: مش عايزة ليه يا روح؟ أنا حقيقي عمري ما قريتلك حاجة، بس أنا متأكدة إنك بتكتبي حلو أوي.. إذا كان كلامك العادي بيدوب القلوب يبقى الشعر عامل إزاي؟

روح: ما هو علشان كده مش عايزة أشترك.

رشا: مش فاهماكِ يا روح.

روح: أنا حبي لنور هوَّ إللي علمني الشعر... ومعظم أشعاري كتبتها وأنا في حال زي حال إمبارح.. لما باحس إني مش قادرة أستحمل البعد والحرمان من نور باكتب لربي وأشكيله..

مرة باطلب منه يرحم قلبي.. مرة باطلب منه يجمعني بيه.. ومرة باطلب منه يشيل حبه من قلبي وما يحكمش عليَّ بحب حد غيره.. يعني كل قصايدي بتدور حواليه.. عايزاني إزاي أقف أُدَّامه وأقولها؟

رشا: مش إنتِ إمبارح قلتِ إن هوَّ بيتعذب أكتر منك؟ ما فكرتيش إن قصايدك دي ممكن تسعده ولو شوية صغيرين، وتصبره هوَّ كمان على الفراق إللي اتكتب عليكو؟

روح: أنا عمري ما فكرت فيها بالشكل ده.. أنا دايمًا كنت بابقى حريصة إني ما يصدرش مني أي اعتراف.

رشا: ومين جاب سيرة اعتراف.. هوَّ إنتِ لما تقري أشعارك أُدَّام ١٠٠ واحد وهو واحد منهم يبقى ده اعتراف؟ ما تتعبيش قلبي بَقه يا روح!

روح: سلامة قلبك من التعب.

رشا: يعني خلاص هتشتركي؟

روح: علشان خاطر روحك.

أنهت رشا مكالمتها مع روح وهي تكاد تقفز من السعادة.. لقد أنهت أول مهمة يطلبها منها شمسها بنجاح.. وأيضًا ساعدت روح على إخراج جزء من الحمل الثقيل الذي تحمله بداخلها وحدها طول الوقت.. التقطت الهاتف لتكتب وتبشر نور:

العزيز نور
يمكنك أن تعتمد عليَّ في أشياء أكبر من ذلك مستقبلًا.. لقد أنهيت مهمتي بنجاح مع روح، وسوف

تتصل بك للاتفاق على تفاصيل الاشتراك في الأمسية الشعرية.

يسعدني دائمًا أن أساعد روح وأساعدك في أي شيء.

رشا

أحست أنها كتبت الإيميل بطريقة شفرة المخابرات في تبادل الرسائل حتى لا يفهمها غيرهما.. كانت متيقنة أن نور سوف يفهم ما تقصده، وربما هذا يعجل بالخطوة التالية في رحلتها.

ذهب الجميع إلى دار الأوبرا يوم الخميس.. لم تعد رشا تحتاج إلى دعوة للحضور.. بالعكس لقد ذهبت إلى روح في منزلها واطمأنت عليها أنها لا تحتاج إلى شيء وأن كل أمورها على ما يرام، تمامًا كما تفعل روح مع براء قبل صعوده على المسرح.. أخذت معها بعض الحُلي لتعيرها لروح كنوع من المساندة النسائية.. عرضتها على روح لتختار منها، ولكن روح ابتسمت واحتضنتها وقالت:

ـ تسلملي روحك.. ما أحبش أرد إيدك، بس أنا بطلت ألبس أي إكسسوار من زمان.. لا حلق ولا خاتم ولا عقد ولا غويشة ولا كمان ساعة!

رشا: ليه كده يا روح؟

روح: ما بقتش أحب إحساس القيد.. أحب أبقى كده زي ما ربي خلقني!

رشا: بس النهارده موضوع مختلف، وفيه ناس كتير عيونها هتبقى عليكِ.. البسيهم بس الليلة وبعدين يا ستي ارجعي بعد كده زي ما ربنا خلقك.

روح ضاحكة:

ـ يا حبيبة قلبي أنا خلاص ما بيخطرش على بالي الناس هتشوفني إزاي طالما أنا مرتاحة ومبسوطة.

رشا: ربنا يبسطك دايمًا.

روح: ويسعدلي الروح إللي اتبعتلي رحمة.

ارتدت روح فستانًا حريريًّا، لونه سكري، به نقوش خضراء وزرقاء تشبه حروفًا عربية متناثرة.. كان الفستان ينسدل على جسدها الدقيق بكل رقة ونعومة.. كانت تضع أحد شيلانها الخضراء على كتفيها الضئيلتين.. جلس الأربعة بين الحضور إلى أن جاء وقت صعود روح للمسرح.. كان نور ينظر إليها وعيناه تلمعان إعجابًا بتلك الضئيلة المنيرة اللامعة.. نظرت روح إليهم وابتسمت ابتسامة تشوبها مسحة قلق.. أمسك براء يدها وقال لها:

ـ أنا عارف إنك هتبهريهم كلهم.

وعقد على يدها وكأنه يعطيها جرعة قوة وثقة بالنفس قبل مواجهة الحضور.

لم يتكلم نور، ولكنه كان قد بدأ بتمتمات لا يسمعها غيره.. ربما كانت رقية لروح أو ربما كانت أدعية لها.. أيًّا كانت، فروح كانت على ثقة من أن قلب نور يحرسها عن بعد.. اكتفت رشا بالابتسام لروح ابتسامة كلها حب وثقة وتشجيع.

صعدت روح على خشبة المسرح، ووضعت أوراقها على طاولة عالية.. أخذت شالها الأخضر ووضعته برقة فوق رأسها وكأنها تدخل إلى محراب عشقها الذي تنسج فيه أشعارها من غزل الأحاسيس

الحبيسة داخل قلبها المحب المحروم.. هذا المحراب الذي يشهده الله وحده والملائكة.. اليوم سوف تُدخل نور إليه، وتشهده هذا النسيج الرقيق من أحاسيسها.. كانت أضواء المسرح مسلطة عليها.. ولكن ضوء قلبها كان مسلطًا على واحد فقط من الحضور.. نور.. كان نور يجلس وسط عشرات من البشر، ولكن روح لم تكن ترى إلا وجهه المنير.. يسطع في عينيها كالبدر وسط سواد الليل.. كان ينظر إليها وتنظر إليه وكأن القاعة ليس بها غيرهما.. وبدأت تقرأ أشعارها وكأنها تقرأها له وحده في محراب عشقهما وهو المستمع الوحيد:

قصيدة نفس النبتة

يا اللي الكريم نفخ فيك من روحه وخلى للكرم فيك نبتة

روحي أنا كمان زيك فيها من الكريم نفس النبتة

نبتة الصبر فيَّ ما قدرتش على روحي إللي بتناديك تحن عليها ولو بنظرة

نظرة أمل تحيي روحي إللي فيها من المحيي نبتة

بس أمانة عليك ما تخلي النظرة لعيوني إللي عليك باصة

قلبي بيدوب من نظرة عيونك إللي فيها من النور نبتة

نظرة من قلبك لقلبي تكفيني يا اللي فيك من الودود نبتة

ما انت سيد العارفين إن الودود نفخ فينا من روحه ود وقسم فينا من نفس النبتة

صفق الجميع بشدة إعجابًا، وبرقت عينا روح وهي ترى وتسمع كل ذلك التصفيق.. كانت تقف في صمت وتدعو ربها أن يمدها بمدده.. ثم هدأت القاعة فألقت روح القصيدة الثانية:

١٥٦

قصيدة الهوى

قسمت لي من القلوب قلبًا إذا أحب أحب بلا منتهى

وإذا عشق في العشق ذاب وانتهى

وإذا حَزِن ذابت حشاشته وبكى

أحمله داخلي وأشعر به في الحب وكأنه يتكوى

أدعوك ربي أن ترحم قلبي من الهوى

وأن تجعله بالحب لا يعبأ ولا يتأثرا

فما وضعت بداخلي يعذبني وأنت لا ترضى لأحبائك بالهوان ولا الذل ولا الكوى

قلب يطير فرحًا من كلمة ومن أخرى يهبط ذليلًا حسران ملتوى

فيا رب كل القلوب احنُ على قلب ذليل في الهوى

ألا ترحمه قبل أن يذوب في العشق ويفضح بأسرار الهوى

فلا تجعل أبصار العباد تفضح ما سترته والطف بلطيف لطفك على قلبي من الكوى

فالحب قدر أنت قاذفه في القلوب والأرواح والأفئدة

فمن منا للقدر كان يومًا متخيرًا أو متحكِّمًا أو حتى متفهما

لمحت رشا في عيني نور مسحة حزن وشفقة على روح.. فبقدر إعجابه بأشعارها بقدر إحساسه بما تعانيه وبما جعلها تسرد تلك الكلمات.. حتى تصفيق الحضور لم يجعله يستفيق من حالة الشجن التي كسته وهو يستمع إلى بيت تلو الآخر من أبيات روح التي عبرت عما يعاني منه كلٌّ منهما.. ثم ألقت روح قصيدتها الأخيرة:

قصيدة مولاي

إلهي ومولاي

إذا كنت تختبر حبي.. فأنت تعلم أنه ليس في القلب سواك

وإذا كنت تختبر صبري.. فإنك تدري أنه لا صبر لي على الفراق

وإذا كنت تختبر قواي.. فأنت تعلم مدى ضعفي على تحمل الصعاب

تختبر حبي وأنت أعلم به مني

وتختبر صبري وقوتي وأنت خالقني

تعلم ما في نفسي ولا أعلم ما في نفسك.. أنت ملاذي وملجئي ومنتهاي

القلب يذوب عشقًا والعين تدمع شوقًا ولا أملك سوى قول: أحبك يا مولاي

وقف نور وعيناه تدمعان ألمًا.. يصفق بقوة لروح وكأنه يقول لها أفهمك يا حبيبتي.. كان هذا هو أقصى ما يطمح إليه الاثنان.

أثنى المحكمون على روح، وشجعوها على الاستمرار في الكتابة ونشر أشعارها في ديوان قريبًا.. شكرتهم وشكرت الجمهور وعادت بين الحضور تستمع إلى باقي المشاركين.. كانت رشا وروح تجلسان بين نور وبراء.. رشا كانت تراقب نظرات نور بينما تمسك بيد روح الباردة بعد أول اعتراف لنور بحبها في الدنيا.. بدت القاعة أكثر هدوءًا فجأة، وكأن شخصًا ضغط على زر كاتم للصوت.. لم تعد رشا تسمع أي شيء.. هدوء تام مع أنها ترى الشاعر على المسرح يقرأ أشعاره.. استغربت من تلك الحالة ولكنها فجأة سمعت صوتًا.. إنه صوت روح يقول: «هل تذكر حبيبي عندما

زفتنا الملائكة ودفعت مهري نورًا؟ هل تذكر عندما ألبستني ثوب السندس الأخضر كما تلبس القديسات ويلبس الأولياء؟ هل تذكر ماذا قلت لي حينها؟ قلت لي: احفظي هذه الذكرى في قلبك جيدًا.. فإنه سوف يأتي يوم نتقابل ولن تعرفيني ولن أعرفك.. ولكن سوف يشعر كلانا أنه رأى الآخر من قبل.. سوف تلفنا الحيرة والأسئلة عما يربط بيننا.. إنه ذلك الرابط القديم.. قبل الخلق وبعده.. وتلك أرواحنا التي اختارها الله لتكون مع بعضها.. تلك الأرواح التي ألبستها الملائكة تيجان الحب ورداء السعادة.. أنا ما زلت أتذكر.. فهل ما زلت تذكر أنت؟!».

نظرت رشا باستغراب شديد إلى روح.. ظنت أنها تتكلم بالفعل.. ولكنها كانت صامتة.. ما هذه الكلمات؟ ومَن يقولها بصوتها إذا كانت هي لم تنطق بها؟ في أثناء هذه الحيرة سمعت ردًّا.. سمعت صوت نور: «نعم حبيبتي، ما زلت أذكر عرسنا.. وكيف أنسى بريق عينيك وقد جعله الله لي دليلًا حتى أهتدي إليك به في الدنيا ولا يطول بحثي عنك.. لقد عرفتك من أول نظرة.. قذف الله في قلبي اليقين.. سمعت قلبي يقول إنها أنتِ.. تلك الحبيبة التي حبها في القلب قديم.. تلك الحبيبة التي بحثت عنها في كل العيون.. حبيبتي التي اختارتها لي نفيسة العلم وقالت لي: هي ابنتي وأنا أمها وأمك فتعاليا أجمعكما برباط الحب والنور.. حبيبتي التي حرمت من أن أخبرها كم أحبها حتى لا أقع في خطيئة أبي آدم وأعصى ما أُمرت ألا أقترب منه.. حبيبة روحي التي أحميها بدعائي لها في كل صلاة وغير مسموح لي بالاقتراب

منها.. حبيبتي، موعدنا ليس بقريب ولكن يوم نجتمع لن تتذكري شيئًا من عذاب الفراق.. سوف يكون قد عبر علينا البعد كلمح البصر.. فاصبري مثلي فهكذا يريدنا الله».

كانت رشا تتلفت إليهما وهي غير مستوعبة ما يحدث.. إنها تسمعهما يتحدثان دون أن ينطق أي منهما بكلمة.. ما هذا؟! وكيف أسمعهما ولا يسمعهما أحد آخر وكأننا انتقلنا نحن الثلاثة إلى عالم آخر ولم نعد نسمع ما يدور حولنا؟! ما هذا يا الله؟! هل هذا هو حديث الأرواح، أم أصاب عقلي جنون؟! كانت رشا تتعجل الرحيل.. كانت تحتاج أن تفهم من روح ذلك الشيء الغريب الذي حدث لها.

خرج الأربعة من القاعة، وجاء بعض الحاضرين ليثنوا على روح ويعبروا لها عن إعجابهم بأشعارها.. هدأت الأجواء وبدأ براء يداعبها كعادته:

ـ أحلى واحدة في الدنيا.. إيه الجمال ده كله؟ الكلام يجنن.. أنا حاجز.. مولاي بتاعتي.. أنا إللي هاغنيها.

روح: يا حبيبي تسلملي.. ولو إني ما ختمتش باسمك زي ما إنت بتختم باسمي بس أوعدك لو كملت الديوان هاعملك شكر خاص.

رشا: صحيح، أنا خدت بالي في الحفلة إنه ختم باسمك بس شكيت إنه يكون قصده الروح بشكل عام مش اسمك.

روح: لا يا روحي.. براء بيختم حفلاته كلها بشعر المتنبي واسمي.. دي لها حدوتة.. هاقولهالك بعدين.

رشا: تاني يا روح؟ رجعنا لبعدين؟

روح: مش قصدي والله يا حبيبتي، بس قصدي إنها مش مناسبة دلوقتِ.

نظرت روح إلى نور الذي كانت تتحاشى النظر إليه.. وقالت:

ـ إيه يا نور؟ ساكت يعني! ما عجبش الشعر؟

نور: شعرك شبهك يا روح ملوش زي.. في حد ممكن يوصفك؟!

روح: يزيدك نور على نور.

نور: ويزيدك يا أم روح صافية.. تحبي تتعزمي فين احتفالًا بالشاعرة روح؟

براء ممازحًا نور:

ـ حبيبي يا مولانا يا مأكلنا ومهنينا!

نور: طب يا غلباوي اقترح.. ما هو إنت واخد البلد كعب داير وعارف كل الأماكن.

براء: كباب من عند الرفاعي طبعًا.. روح بتحب الرفاعي.

روح: تسلملي.

نور: إنتِ يا رشا تمام معاكِ الرفاعي؟

رشا: لا معلش، أنا كالعادة هاستأذن علشان لازم أروَّح.

روح: برضه يا رشا؟

رشا: معلش يا حبيبة قلبي.. كان نفسي أحتفل بيكِ بس مش هينفع.

روح: روحك حاضرة يا عمري.

كانت روح تترك رشا على حريتها بدون أي ضغط.. كانت تريدها أن تشعر بارتياح وأن تقرر وحدها متى تتخلى عن أي تحفظات

وألا تشعر بأي غربة أو عدم ارتياح في التواجد معهم لساعات متأخرة من الليل.

ابتسمت لروح وضمتها وقالت لها:

- مبروك يا حبيبتي!

روح: يباركلي في عمرك.

توجهت لتحية براء ونور استعدادًا للمغادرة، ولكن براء اندفع كعادته:

- إستني هتمشي من غير ما نتفق هنعمل إيه بُكرة؟

رشا: نعمل إيه في إيه يا براء؟ مش واخدة بالي.

براء: بُكرة مولد سيدي الحسين.. مش نتفق هنروح الساعة كام؟

روح: مدد يا حبيبي يا حسين.

رشا: أنا عمري ما رحت مولد في حياتي!

براء: يبقى لازم تروحي.. ده بيبقى كله فرحة ومدد.

روح: تفتكر نروح من بدري يا نور ولَّا نتأخر تكون الزحمة خفت؟

نور: أنا مش هينفع آجي معاكو المولد.. أصلي مسافر لحياة بُكرة بالليل ولازم أبقى في المطار الساعة ٨.

روح: توصل بالسلامة وربي الحامي.. سلملي عليها أوي.

نور: يوصل إن شاء الله.

روح: خلاص يا رشا أنا وبراء نعدي عليكِ الساعة ٥ علشان نلحق نصلي المغرب والعشا عند سيدنا.

رشا: هاستناكوا.

سلمت رشا على براء ونور، ومضت في طريقها تسترجع ذكريات

الليلة كعادتها في كل مرة تلتقي بروح أو بهم كلهم.. تذكرت الأشعار وجمالها، وتذكرت وجه نور ومسحة الحزن التي كسته أثناء الليلة.. تساءلت بينها وبين نفسها: «هل يا ترى قرر نور السفر بعد هذه الليلة أم كان قد قرر ذلك قبل سماع أشعار روح؟ هل كان نوعًا من الهروب خوفًا من الضعف؟».. ربما كان لا شيء سوى سفرة جديدة تجمعه وحياة كما أخبرتها روح من قبل.. ثم ماذا عن تلك الحادثة الغريبة التي حدثت لها.. سماعها روحي نور وروح وهما يتناجيان ويعزفان أنشودة حب راقية.

كانت تتعجل ساعات الصباح لتطلب روح وتخبرها عما حدث وتسألها عن تفسير ذلك.. وهل له علاقة بالحلم الذي رأتهما فيه معًا؟ لفتها الحيرة أكثر وأكثر.

نامت بصعوبة في تلك الليلة، لكنها أبدًا لم تنس أن تحادث ربها بقلبها كعادتها وتخبره أنها تحبه وتصلي على الحبيب.

١٢

أيقظت رنة الإيميل رشا من النوم.. التقطت الهاتف سريعًا.. فكل رنة إيميل كانت بالنسبة لها أملًا من اتصال شمسها بها.. إنه فعلًا نور.. قرأت الإيميل ودبت السعادة فيها:

العزيزة رشا

أعلم أن الوقت ما زال مبكرًا، ولكني أريد أن أقابلك لأمر هام قبل أن أغادر لمراكش مساءً.. رجاءً! أنتظر ردك وشكرًا.

نور

هل يريد أن يخبرني أنه شمسي؟ هل يحمل لي رسالة من الشيخ الجيلاني ويريد أن يخبرني بها قبل أن يسافر؟ لم تتردد في كتابة الرد:

العزيز نور

أنا مستيقظة.. يمكنني أن أتناول معك القهوة في المقهى المطل على النيل في الزمالك بعد ساعة.. هل هذا مناسب لك؟

رشا

جاء الرد فورًا:

أشكركِ بشدة على تلبية الدعوة.. سوف أذهب إلى المقهى الآن.. نتقابل بعد ساعة إن شاء الله.

نور

كانت تطير فرحًا، وتقود سيارتها بسرعة.. كانت تشعر أنه أخيرًا جمعها الله مع شمسها وسوف تبدأ طريقها.. سوف تخطو أولى خطواتها اليوم، بل الآن!

وصلت المقهى واتجهت إلى نور.. نهض نور واقفًا لتحيتها، فجلست أمامه وكأنها طفل يجلس أمام معلمه في المدرسة.

نور: إنتِ أكيد ما لحقتيش تفطري.. نفطر سوا بَقه.

رشا: لا من فضلك يا نور.. القهوة كفاية.

نور: متأكدة؟

رشا: جدًّا.. خلينا بس في الحاجة المهمة إللي إنت عاوزني فيها.

نور: أولًا، أنا آسف إني لخبطتلك يومك.. بس أنا كنت باصلي الفجر عند سيدي الحسين وبعدين بعد ما دعيت بحاجة معينة إنتِ جيتيلي.. قلت يبقى لازم أشوفك قبل ما أسافر وأكلمك.

كانت تستمع والفرحة لا تسعها.. لقد جاءت الإشارة من الحسين رضي الله عنه، سيد شباب أهل الجنة.. جاءت من الذي قال عنه جده: «أنا من الحسين وحسين مني».. إذن هي من الحبيب عليه أفضل الصلاة والسلام.. يا جمالك يا رب.

رشا: اتفضل يا نور أنا سامعاك.

نور: مش عارف أقولك إيه بالظبط، بس فيه حاجة بتقولي إنك مش هتفهميني غلط!

رشا: لا طبعًا مش ممكن أفهمك غلط.. قول يا نور.

نور: أنا كنت عايز أوصيكِ على روح.

رشا باستغراب شديد ممزوج بصدمة:

-روح؟

نور: الحقيقة أنا قلقان على روح بعد ما سمعت الأشعار بتاعتها إمبارح.. أنا وروح فيه بيننا اتصال روحاني قوي، وأنا باحس بيها وهيَّ كمان بتحس بيَّ.. ده غير إن أنا شيخها طبعًا.. أنا وهيَّ دونًا عن أي حد من تلاميذي فيه بيننا رباط قوي.. مش عارف لو كلامي ده هيبدو لكِ ضرب من الجنون والدروشة ولَّا هتفهميني.. بس الحسين هوَّ إللي دلَّني عليكِ وما دام دلَّني عليكِ يبقى لازم هتفهميني.

أحست رشا بخيبة أمل كبيرة.. أحست أن كل آمالها وطموحاتها في أن تخطو أولى خطواتها في طريقها ما زالت بعيدة جدًّا مع أنها قريبة من شمسها، ولكن حبها الشديد لروح وعلمها بمدى آلامها وعذاباتها جعلها تتدارك أحاسيسها الشخصية وتستوعب كلام نور لها.

رشا: أنا فاهمة كلامك كويس أوي يا نور.

نور: الحمد لله إنك فهمتيني.. أنا عارف إن روح بتحبك وروح ما عندهاش أصحاب بنات علشان ألجألهم يبقوا حواليها ويحاولوا يشغلوها اليومين دول.. أنا عارف إن براء يشغل

بلد وما بيسيبهاش، بس أنا شايف إن إنتو قربتوا من بعض الفترة الأخيرة أوي وإحساسي بيقولي إن إنتِ الشخص المناسب للمهمة دي.

رشا: إحساسك ما كدبش.. وإنت عندك حق، ما دام الحسين دلك عليَّ يبقى ضروري فيه سبب.. وأنا أعتقد إني عارفة السبب.

رد نور بلهفة:

ـ إيه السبب يا رشا؟

رشا: أنا كمان هاحكيلك حاجة مش عارفة هتقول عليَّ بيجيلي خيالات ولَّا بيتهيألي ولَّا إيه بالظبط، بس والله العظيم إللي هاحكيهولك ده حصل.

نور: احكي يا رشا أنا سامعك.

رشا: الحقيقة أنا مش عارفة لو من حقي أحكيلك ولَّا ده لازم يفضل سر.. لكن أنا حاسة إني عايزة أحكيلك.. وروح علمتني إن القلوب ما بتكدبش فأنا هاحكيلك.. من يومين كنت نايمة وحلمت حلم غريب أوي.. حلمت إني في مكان جميل ومنور وريحته ريحان وعنبر.. شفت نور كبير من بعيد.. النور كان شفاف وفيه ناس وراه بس ما كانوش واضحين.. شوية شوية الناس دي عدت من جوه النور ووصلت لعندي.. الناس دي كانت إنت وروح.. كنتوا زي إللي ماشيين في زفة أو موكب كبير.. كان في أصوات تواشيح وترانيم من أجمل ما يكون.. عمري في حياتي ما سمعت حاجة بالجمال ده... فجأة إنت بصيتلي وادتني

مفتاح.. سألتك المفتاح ده بتاع إيه ما جاوبتنيش.. سألتك تلات مرات وبعدين إنت خدت روح ورجعتوا تاني جوه النور.

كان نور يسمع بإنصات شديد.. صمت قليلًا ثم قال:
ـ علشان كده الحسين دلِّني عليكِ.

رشا: معناه إيه الحلم ده يا نور؟ المفتاح ده معناه إيه؟

نور: ده مش حلم يا رشا.. دي رؤية.. المفتاح ده إذن ليكِ إنك تبقي تالتتنا وحاملة السر معانا بس من غير عذاب ولا حرمان.. إنتِ روحك مربوطة بأرواحنا من زمان.. الأرواح جنود مجندة فما تعارف منها ائتلف.. وواضح إن روحك وأرواحنا تعارفوا في عالم النور قبل الأجساد.. والرحمن غمرنا برحمته وأطلعك على سرنا علشان تهوني علينا إحنا الاتنين عذابنا لغاية ما يأذن لنا ويخلص الامتحان.. بس خلي بالك إنت برضه حاملة مفتاح.. يعني حاملة أمانة.

رشا: يعني إيه يا نور؟

نور: يعني مش مسموح لك تسمعي مني وتحكي لروح علشان تصبريها، ولا تحكيلي أي حاجة روح بتقولهالك عني.. إنتِ بس تشيلي معانا السر.. تسمعي مني وتسمعي منها.. يعني تقدري تقولي بئر أسرار.

رشا: معلش يا نور.. أنا لغاية دلوقتِ مش قادرة أستوعب الموضوع على بعضه.. طبعًا أنا مصدقاكو بس برضه مش عارفة إزاي عارفين تعيشوا في الحال ده وإنتو ما عندكوش أي شيء

ملموس بيقولكم اعملوا كده.. معلش يعني الموضوع كله في الآخر شوية أحلام وبس!

نور: إللي بيمشي طريقنا ده بيعرف إن الرؤى مش شوية أحلام وخلاص.. فيه ناس ربنا بيعطيها هبات وعطايا معينة.. منها الرؤى الصالحة.. عندك سيدنا إبراهيم مثلًا جاله أمر ذبح ابنه في رؤية.. وأوشك على تنفيذها وهم بذبح سيدنا إسماعيل.. وطبعًا سورة يوسف سورة كلها رؤى من أول ﴿إِنِّي رَأَيْتُ أَحَدَ عَشَرَ كَوْكَبًا وَالشَّمْسَ وَالْقَمَرَ رَأَيْتُهُمْ لِي سَاجِدِينَ﴾، لغاية صاحبي السجن ورؤياهم ورؤية عزيز مصر التي أنقذت مصر من المجاعة سنين.

رشا: صحيح.. مظبوط.. بس برضه دي حاجة صعبة أوي.. ربنا يكون في عونكو!

نور: إنتِ عارفة يا رشا أنا باحس إن روح دي إيه؟

رشا: إيه يا نور؟

نور: روح دي عاملة زي الشجرة المحرمة في الجنة.. ربنا وهبهالي وحرمها عليَّ.. طول الوقت بيوريني جمالها بس أمرني ما أقربش منها.. روح دي روحي فعلًا مش كلام.. بس ربنا قسملنا اللقا عنده فوق بس وفي الدنيا كتب علينا الحرمان.. لما باشوفها روحي بتروح معاها وباحس إنها حورية من الجنة.. نفس حروف اسمها بس زيادة الـ«ياء» و«التاء المربوطة».. تفرق إيه روح عن حورية.. وهيَّ الحوريات يبقوا شكلهم إيه لو ما كانوش شبه روح؟ باصلي وبابكي

لربنا في الليل إنه يقويني على حبها والحرمان منها.. بادعي ربنا إنها ما تتعذبش عذابي في بُعدها كفاية أنا أتعذب بحبها.. بابكيله إني ما أشوفهاش بتروح لحد تاني وأنا مش قادر حتى أعترفلها.. بابكي كتير وكل ما أتعذب بحبها آخد بعضي وأغيب.. أغيب في رحلة بعيد عنها يمكن قلبي يرتاح شوية من عذاب الحرمان في حبها وأنا قربها.. بابعد بروحي إللي روحها ساكناها وعاشقة سرها.. ولكن كل مرة بابعد وأغيب وأرجع بشوق أكبر لحبها، وكأني اتكتب عليَّ لا أقدر أقرب منها ولا أقدر أغيب عن بعدها.

رشا: يا خبر يا نور.. كل ده جواك؟!

نور مبتسمًا:

ـ طب أقولك على سر؟

رشا: قول طبعًا.. سرك في بير.

نور: فاكرة يوم رقص التنورة لما قابلناكِ أول مرة؟

رشا مبتسمة:

ـ أكيد، وده يوم يتنسي؟

نور: اليوم ده بالليل وإحنا مروحين روح حست بلسعة برد.. كان نفسي أخبيها جوايا وما أخليهاش تحس إنها في الدنيا مش بس ما تحسش بالبرد.. إديتها الجاكيت بتاعي تلبسه.. قلت في بالي أهو حاجة مني تقرب شوية منها وتدفي قلبها وقلبي من برد البعد.. لغاية النهارده الجاكيت شايله عندي وقافل عليه في شنطة زي ما يكون كنز.. باطلعه كل شوية أشم

ريحتها فيه وأقفل عليه بسرعة قبل ما الريحة تطير في الجو.. ريحتها كده من غير عطور ولا حاجة، ريحة جوز هند.. صدقتيني بَقه إنها حورية من الجنة.. هوَّ فيه بشر معمولين من جوز الهند؟

رشا: بجد يا نور يا ريت كان بإيدي حاجة أعملهالكم تقربكوا من بعض وتقلل عذابكو ولو شوية!

نور: في زمن تاني كل العذاب ده هيبقى فرح.. أنا عارف ومتأكد كمان.. مش الحبيب عليه الصلاة والسلام قال: «مَن عشق فعف فكتم فمات مات شهيدًا»؟ في موت وشهادة إيه أحلى من الشهادة والموت في الحب؟ وأنا زي ما قال سيدي ابن عربي: «أدينُ بدين الحب.. والحب ديني وإيماني».. إدعيلي إنتِ بس ربنا يحميني من نفسي ويقويني.

رشا باستغراب:

ـ أنا أدعيلك يا نور؟ دا إنت على رأي براء «مولانا».

نور: أستغفر الله.. دا أنا عايش بستر ربنا.. وأهو براء ده بالذات قلبه زي البفتة البيضا وممكن ربنا يستجيبله أكتر من أي حد تاني.. أصل ربنا رب قلوب.

رشا: ونعم بالله.

نور: أنا مش عارف أشكرك إزاي إنك حكيتيلي الرؤيا بتاعتك دي.. بجد لولاها كنت هافضل قلقان على روح وأنا بعيد.. شفتِ جدي جميل إزاي؟

رشا: مش واخدة بالي يا نور.. معلش.. جدك مين؟

نور: الحسين.. ما هو جدي.. شفتِ الحنية بتاعته؟ دلِّني عليكِ
علشان يريح قلبي قبل ما أسافر.. شفتي المدد.. الحمد
لله.. الحمد لله.

رشا: طب بما إن إنت قلتلي سر أنا كمان عايزة أقولك على سر.

نور: قولي يا رشا.. فيه حاجة تانية شوفتيها؟

رشا: لأ، فيه حاجة سمعتها.. إمبارح وإحنا قاعدين في القاعة بعد
ما روح رجعت قعدت معانا.. فجأة حسيت إن الصوت اللي
حواليَّ اتكتم خالص.. وسمعت روح بتتكلم.. بصيتلها
لقيتها ما بتتكلمش بس الصوت في وداني واضح أوي..
كانت بتكلمك.. بعد كده سمعت ردك عليها.. بصيت عليك
برضه لقيتك مش بتتكلم مع إنه كان صوتك إنت.. ده كان
تهيؤات يا نور مش كده؟

نور مبتسمًا:

ـ لا إله إلا الله.. سبحان الله.. ﴿وَيَسْـَٔلُونَكَ عَنِ ٱلرُّوحِ قُلِ ٱلرُّوحُ
مِنْ أَمْرِ رَبِّي وَمَآ أُوتِيتُم مِّنَ ٱلْعِلْمِ إِلَّا قَلِيلًا﴾.. صدق الله العظيم.

رشا: إيه ده يا نور؟ حديث الأرواح؟ ممكن يبقى فيه حاجة كده؟

نور: كل شيء ممكن.. ما أقدرش أجزم طبعًا.. وفوق كل ذي
علمٍ عليم.

رشا: طب لما إنت ما تبقاش عارف أُمَّال مين اللي ممكن يفهمني؟

نور مبتسمًا:

ـ مش كل حاجة لازم تفهميها يا رشا وتركزي معاها.. خليكِ
دايمًا فاكرة إن «الملتفت لا يصل».

رشا: يعني أنا أعمل إيه دلوقتِ؟

نور: ما تعمليش حاجة.. هدية وجاتلك، تاخديها وخلاص.. ولله المثل الأعلى.

لمح نور رشا تبتسم ابتسامة جانبية وهي تشرب آخر رشفة في قهوتها فسألها:

ـ قوليلي بس بتضحكي على إيه كده؟

رشا: باضحك على روحي.

نور: ليه بس؟ إيه إللي حصل؟

رشا: أصل أنا غالبًا حصلي حاجة في عقلي من موضوع شمسي وتفكيري فيه.. أنا تخيلت إن الرؤيا دي معناها إن إنت شمسي وإن المفتاح إشارة للفتح.. المواضيع شكلها كده قلبت معايا على دروشة وشغل مجاذيب مش ناس عاقلة أبدًا!

نور مبتسمًا:

ـ كلنا مجاذيب لنور الله يا رشا.. أنا شمس؟ أستغفر الله.. أنا فين وشمس التبريزي فين؟ وبعدين أنا هاقولهالك علشان تريحي نفسك خالص.. شمسك هتلاقيه يوم ما تبطلي تدوري عليه.

رشا: طب ما ينفعش تبقى إنت شمسي؟

نور مبتسمًا:

ـ أنا مش شمسك يا رشا.

رشا: طب تعرف مين شمسي؟

نور: الله ورسوله أعلم.

رشا مبتسمة:

ـ اللهم صلِّ على كامل النور.. طب إدعيلي ألاقيه ويلاقيني.

نور: هادعيلك.. مش عايزة حاجة من المغرب؟

رشا: شكرًا.. سلم بس على حياة.. إنت هتطول هناك؟

نور: مش عارف يا رشا.. أول مرة أسافر وما أبقاش عارف هارجع إمتى.. لما أقدر أرجعلها هارجع.. ممكن توعديني تاخدي بالك منها؟

رشا مبتسمة:

ـ أوعدك، ما تقلقش.. وإنت كمان خد بالك من نفسك واطمن أنا مش هاجيب سيرة لروح إنك مسافر علشان تبعد.. سرك في بير.. بس تسمحلي أطمئن عليك من وقت للتاني؟

ابتسم صاحب الهالة النورانية وقال:

ـ أسمحلك طبعًا وأتمنى كمان.. متشكر جدًّا يا رشا.. أشوف وشك بخير.

رشا: وإنت بخير.

كان لقاء نور ورشا أول شيء سوف تخفيه رشا عن روح منذ أن دخلت روح حياتها.. ولكنها لا تملك غير أن تخفي عليها.. فهذا هو الاتفاق وهذه هي الشروط الموضوعة والتي يجب عليها الالتزام بها.. فهي أبدًا لن تكون إبليس الذي أخرج أبويها من الجنة.. لن توسوس لروح أو لنور بما يجعل التزامهما بما أُمرا به صعبًا عليهما فيضعفا ويقتربا كما ضعف آدم وحواء وأكلا من الشجرة فطُردا من جنة الخلد إلى الأرض.. لن تكون هي السبب في أن تفقد روح سعادتها التي

وجدتها في القرب من الله، ولن تكون سببًا في أن يفقد نور هالة النور التي تحيطه.. سوف تلتزم ولن تبوح بالأسرار.. سوف تظل فقط حاملة المفتاح كما رأت في رؤياها.

١٣

مر براء وروح على رشا ليذهبوا معًا إلى مولد سيدنا الحسين.. كانت روح تبدو سعيدة فرحة.. فقلبها معلق بآل البيت وزيارتهم.. زيارتها لهم تشعرها بالقرب.. والقرب هو غاية أملها ودواء قلبها.

تفاجأت رشا عندما رأت روح جميلة فرحة في كامل زينتها برغم أنها لا تتزين بما تتزين به السيدات، ولكنها كانت تبدو أجمل من كل السيدات المتزينات بكل الزينة والمتحليات بكل الحُلي.. إنها فعلًا كما وصفها نور: حورية من حوريات الجنة وليست بشرًا.. اعتقدت رشا أن روح سوف تغرق في الألم وأوجاع الحب والفراق خصوصًا بعد أن أخرجت كل ما في قلبها لرشا، وبعد أن أعلنت عن حبها أمام نور في الأمسية الشعرية، ولكن حب الله كان أصل الحب في قلبها، وكان دائمًا يخرجها من أي موجات حرمان تجتاحها.. لقد عودها الله أن يخرجها دائمًا من هذه الموجات أقوى وأجمل وأنقى.. إنها معانٍ جديدة على رشا لم ترها في البشر العاديين الذين تنقلب حياتهم رأسًا على عقب بعد انتهاء علاقة حب أو زيجة فاشلة أو خيانة... ما أجمل

١٧٦

أن يكون قلبك معلقًا بالله.. ما أجمل أن يكون الله حبيبك ويسكن قلبك.. ما أجمل أن يكون الله وليك كما تقول روح: «هو وليي.. فنعم المولى ونعم النصير».

براء: النهارده بَقه هاوريكِ إللي عمرك ما شفتيه يا رشا.. أنا كلمت حارس المقام وعرفته إن معايا حد مهم أول مرة يحضر مولد وإنه لازم يوجب معانا.. يعني ظبطتلك الدنيا.

رشا: يا سلام يا فنان.. مش عارفة من غيرك كنت عملت إيه.

روح: على فكرة يا رشا، إللي براء هيوريهولك النهارده لا تصوف ولا يقرب للتصوف من بعيد ولا من قريب.. دي شوية عادات على تقاليع، الناس اتعودت تعملها في الموالد وبتفرح بيها.. التقاليع دي براء اتربى وسطها في أسوان وغصب عنه قلبه بيحن للصعيد ولياليه.

براء: مدد يا صعيد مدد.. هوَّ فيه أحلى من الصعيد ولياليه وشايه الحبر وأكله.. هوَّ فيه أحلى من الويكا والجرجور؟

رشا: إيه الكلام الصعب ده؟ أنا مش فاهمة حاجة خالص!

براء ضاحكًا:

ـ الجرجور ده أحلى حاجة تتاكل.. ده سمك ثعابين مدفون مع الفريك والشلولو.

رشا: فعلًا؟ فهمت أنا الأولانية علشان تقولي التانية؟ إيه الشلولو ده!؟

براء ضاحكًا:

ـ خلاص ما تزعليش.. دي ملوخية ناشفة.

رشا: طب ما تقول طاجن فريك بالملوخية بالسمك!

براء: ما ينفعش.. أهلي صعايدة يموتوني.

رشا: بصراحة إنت أول صعيدي أشوفه في حياتي.. الصعيدي الوحيد إللي أعرفه الخال.. الأبنودي.. كنت باموت في شعره بالصعيدي.. الله يرحمه.

روح: الله يرحمه.. لو سمعتِ بَقه براء وهوَّ بيقرا أشعار الخال والحتة الصعيدي إللي جواه تنط هتتسلطني على الآخر.. ما هو براء أوقات بيقلب على صعيدي بس لما يتعصب.. بيبقى إيه شربات بجد.. بانسى الموقف كله وألاقي نفسي باضحك عليه.. بجد شربات.

رشا: طب يا صعيدي يا جدع هتفرجني على إيه النهارده؟

براء: هاسمعك أحلى مديح ممكن تسمعيه في حياتك لسيدنا الحسين.. هاسمعك ريحانة المديح أمين الدشناوي.. جاي المولد النهارده يمدح.

رشا: مين الدشناوي ده أنا عمري ما سمعت عنه؟

روح: طبعًا مش ممكن تكوني سمعتِ عنه.. ده «مايد إن صعيد»!

براء: صدقيني بعد ما تسمعيه مش هتسمعي حد غيره.

روح: بس يا براء ما تأثرش عليها سيبها تكوِّن رأيها لوحدها.. المهم بس خليكِ معايا وبعيد عن الزحمة، وخليه هوَّ يستعيد ذكرياته الصعيدية علشان يتبسط.. هوَّ يا دوب يخلص زيارة المقام وتحسي إن حاجة بتقرصه يجري على النصبة بتاعة المديح ويقضي الليلة وسط الزحمة والرقص والمجاذيب..

يفضل قاعد وسطهم لغاية لما نمشي.. ما هو أصله درويش.. يفتكرني كل شوية فييجي يطل عليَّ ويسألني محتاجة حاجة ولَّا لأ ويرجعلهم تاني.

براء: الصعيد ده مصر من غير تزييف ولا تغيير ولا آثار محتل دخل ساب حتة منه ومشي.. الصعيد ده يعني معبد الكرنك، ونيل أسوان الجميل، ورجالة جدعان تتسندي عليهم وإنتِ مطمنة، وستات بميت راجل.. الصعيد هوَّ روح مصر.

روح: طب إنت طيرتني بكلامك ده على الصعيد ما تيجي نطلع النوبة كام يوم.. هفت عليَّ دلوقتِ أروح أرسم هناك.. نروح أسوان، نزور المقامات وسيدي أبو الحسن الشاذلي، وأقضي كام يوم قصاد حبيبي الجميل نيل أسوان.. النوبة وحشتني أوي.

براء: يا سلام.. غالي والطلب رخيص.. على أول الشتا كده يكون الجو دفا آخدك ونطلعلنا أسبوع.. دي حتى الحاجة هتتبسط بيكِ أوي.

روح: تحبي تيجي معانا يا رشا؟

رشا: طبعًا أحب، بس للأسف مش هينفع! إللي أنا أحبه بجد دلوقتِ هوَّ إني أعرف إيه قصة روح إللي بتختم بيها حفلاتك يا براء ولَّا لسه مش وقته؟

نظر براء إلى روح وابتسما.

روح: أنا هاقولك.. فاكرة لما حكيتلك لما كنت متجوزة طارق وحالتي وقتها كانت إزاي؟ وقتها كان براء زعلان عليَّ أوي

وطول الوقت كان بيحاول معايا وبيقنعني إني لازم أتطلق وأسيب طارق بأي طريقة.. كان بيسافر كتير جوه مصر وبره.. كنت باحس كل ما باشوفه إني متكتفة وباتخنق ومش قادرة أغير حاجة في حالي.. أيامها براء كان عنده جولة حفلات في أمريكا للعرب المقيمين هناك مع كذا فرقة من إللي بيغنوا قديم.. سلم عليَّ قبل ما يسافر وعينيه كلها حزن وطلع المطار.. بعد ما مشي لقيت نفسي باكتبله حاجة وبابعتهاله على الموبايل.. فاكر يا براء؟ أنا لسه عندي الرسالة دي.

رشا: كتبتِ إيه يا روح؟

أخرجت روح الموبايل، وبحثت عن الرسالة، ثم أعطت الموبايل لرشا لتقرأها:

أنا باحسدك على الحرية إللي بتلمع في عينيك.

أنا باحسدك على القوة إللي جاية من الهوا إللي حواليك.

أنا باحسدك على الجناحات إللي طاير بيهم بعيد ومش بتحط على الأرض رجليك.

أيوه باحسدك من كل قلبي إللي خايف عليك.

نوع جديد من الحسد.. لا فيه كره،، ولا تمني زوال، ولا استكتار نعمة عليك.

بس فيه إعجاب، وفرحة بروح رفضت الحبسة من بدري وطارت بعيد عن أي قضبان.

قضباني صحيح إزاز شفاف بإيدي أنا غرستها حوالين روحي أيام وراء أيام.

وبعقلي المتربس كنت فاكرة إني ما دام باشوف من وراها تبقى مش قضبان.
وإن الحبسة دي بكيفي مش بكيف السجان.
بس الغباء استحكم.. والأيام بقت سنين مش أيام.
ولما فقت مخنوقة من الحبسة.. لقيتني نسيت إزاي ممكن أعيش من غير قضبان.
ياه على بني آدم لما بغبائه يطوي جناحاته ويكسرهم كمان.
وقال راجع يشتكي ويقول مخنوق يا ناس مش قادر ساعدوني على الطيران.
اسمعني يا صاحبي.. إوعى تدي لحد مفتاح روحك وتقضي عمرك مستنيه يفتحلك حتة تتنفس منها وإنت محبوس مخنوق ورا قضبان.
دي الروح روحك، خلقها ربك، ونفخ فيها من روحه علشان تعرف إنها غالية أوي مش للإهمال.
اوعدني تفضل طاير وتتنفس بدالي في كل مكان.
في كل حتة كان نفسي أطير فيها وأشم بنفسي ريحة الحرية من غير قضبان.
اوعدني كل ما تروح مكان تفتكرني علشان تهف على روحي روايح المكان وهي محبوسة متكتفة مش قادرة على الطيران.
تشم نسايم الحرية من ورا القضبان.
اوعدني تفضل بتضحك وما تخليش للهم في قلبك مكان.
عايزة كل ما أشوفك أقول الواد ده جدع وحر وقلبه نضيف عمران.

ما هو أصل الأرواح جنود يا صاحبي.. وروحي وروحك أكيد اتقابلوا لما كانت روحي لسه حرة بين الأحرار.

دلوقتِ لما بتشوف روحك بتحلق بتقول يا ابن الإيه يا حر.. خليك طاير وابعد بعيد وإوعى تتعب من الطيران.

خليك بعيد ده مهما كان الطيران فوق في السما والأرض تحت كلها حبسة وخنقة ورا قضبان.

طير لفوق بعيد زي كل الأحرار، وخليني كل ما أشوفك أحسدك وأضحك وأقولك طير كمان وكمان وكمان.

رشا: ياه يا روح.. كنتِ حاسة بكل ده؟!

روح: كنت وكان وانتهت كل الآلام.. الجمال كله في رد براء.. براء رد عليَّ برسالة جددت جوايا الأمل، وحسستني إن الحال إللي أنا فيه هيتغير في يوم من الأيام.. فاكر يا براء؟

براء مبتسمًا:

ـ طبعًا فاكر.

رشا: قالك إيه في الرسالة؟

نظرت روح في الموبايل وقرأت:

سوف أذكركِ فوق كل خشبة مسرح أقف عليها.. سوف أختم باسمك كل أغنياتي حتى يتساءل الناس في كل مكان من تكون روح؟ سوف أجعل اسمك يلف العالم معي حتى وإن لم تكوني معي.. سوف أتنفس حرية لي ولكِ حتى يأتي اليوم الذي تتنفسها رئتاك بقوة.. سوف أظل أنادي روحك

إلى أن يأتي ذلك اليوم الذي أنادي «روح» فتردي
عليَّ: أنا هنا بجانبك.. أتنفس نفس هوائك، وأقف
على نفس الأرض التي تقف عليها، ويجمعنا نفس
المكان والزمان.

رشا: ومن يوميها وإنت بتختم باسم روح يا براء؟

براء: من يوميها وأنا لازم أختم باسم روح وشعر المتنبي علشان
تعرف إنها كانت معايا في كل حتة.

أَبلِغ عَزيزًا في ثنايا القلبِ مَنزله   أني وإن كُنتُ لا أَلقاهُ أَلقاهُ
وأن طرفـي موصـولٌ برؤيتِهِ   وإن تباعـد عَن سُكناي سُكناهُ
يا ليته يعلـمُ أني لستُ أذكرهُ   وكيف أذكرهُ إذ لستُ أنساهُ
يا مَن توهَّم أني لستُ أذكرهُ   واللهُ يعلم أني لستُ أنساهُ
إن غـابَ عني فالروحُ مَسكنهُ   مَن يسكنُ الروحُ كيف القلبُ ينساهُ

رشا: جميل بشكل! أنا لما سمعت الشعر ده منك على المسرح
قلت إزاي فيه حد ممكن يكتب حاجة بالجمال ده؟

براء: فعلًا الأبيات دي في رأيي من أجمل ما كتب المتنبي.. أول
مرة قريت الشعر ده حسيت إن المتنبي كتبه لروح بس في
زمن تاني، وأنا لقيته في زماننا ده علشان أسمعهولها.

روح: تسلملي روحك يا أبو قلب بفتة.

رشا: ربنا يسعدكوا إنتو الاتنين.. أنا عمري ما شفت ناس جميلة
كده.. بجد ربنا يحفظكوا.

روح: ويحفظك من كل شر يا عمري.

كان مسجد الحسين مزينًا بالأنوار كما الأفراح.. كانت

الساحة والشوارع المحيطة به تبدو كأنها في عيد.. نعم، إنه عيد الحسين.. الباعة الجائلون.. الأطفال يأكلون الحلوى ويلهون ويركبون المراجيح ويعلون بها كأنهم يصعدون عاليًا يلمسون السماء ويعودون.. المجاذيب والدراويش يطوفون هنا وهناك.. المتصدقون يوزعون الفتة واللحم على المارة.. أصحاب النذور جاءوا ليوفوا نذورهم في حضرة الشهيد الحسين.. روح المولد تعم منطقة الحسين كلها.. فرحة تعم كل القريب من مقام ابن بنت رسول الله.

دخلت روح ورشا للصلاة أولًا، ثم توجها لزيارة المقام الشريف.. كانت السيدات يحملن الورود والعطور لتعطر المقام والزائرات.. كن يتبارين في أجمل الزغاريد وأكثرها صدورًا من القلب.. كانت كل واحدة تشعر أن الحسين يسمعها وحدها.. يستقبل ورودها ويسمع زغرودة قلبها ويرسل إليها بركات آل البيت الكرام.. وكيف لا وهو أشبه الناس بجده.

بعد الصلاة والزيارة أجلس براء روح ورشا في مكان بعيد عن الزحام، وأحضر لهم «حلاوة المولد» مهلبية وكوبين شاي صعيدي ثم انطلق باحثًا عن روحه.

كانت رشا مستمتعة ومنبهرة بكل الأجواء من حولها.. كانت الميكرفونات تنقل أصوات المداحين في أرجاء الساحة الحسينية والجوار.. استمعت إلى مديح أمين الدشناوي، وأعجبت بصوته وإنشاده.. إنها تجربة فريدة أضافت إليها حبًا واشتياقًا أكثر لآل البيت وللحبيب طب القلوب.

وروح بجانبها ـ كعادتها في زياراتها للأولياء وآل البيت ـ تبدو أجمل وأسعد، وتلفها حالة من الروحانيات السامية التي تجعلها تشعر أنها تلمس السماء بروحها.. كانت مبتسمة وكأنها في عالم آخر.. قليلة الكلام كثيرة التسبيح.. ولكنها تذكرت شيئًا فجأة فنظرت لرشا وقالت:

ـ إنتِ عارفة إن آخر مرة جيت الحسين كنت مع نور؟

رشا: أكيد الزيارة مع نور مختلفة وروحانياتها أعلى.

روح: كل حاجة مع نور بتبقى مختلفة.. لما بياخدني ونروح الحسين باحس إني مش ماشية على الأرض.. باحس إن أنا وهوَّ طلعلنا جناحات وطايرين فوق بعيد عن كل الناس في الجو.. باحس الحسين فرحان بينا وباشم ريحة ماورد.. المجاذيب بيجروا عليه يبوسوه ويقولوا سيدنا مستنيك من الصبح.. بيمسح على راسهم ويدمع وبيبقى ساكت خالص ما بيتكلمش.. لما بنتقابل بعد ما بنزور المقام باحس ملامحه احلوت وقلبه مفتوح في الهوا كده وحي.. هوَّ كمان بيقولي إن شكلي بيتغير وإني باحلو.. بافرح بكلامه وباقوله أكيد سيدي بعتلي المدد من حبي فيه ومن كتر الزَّن... ما أنا أصلي باحلفه بجده ينظرلي نظرة ويبعتلي المدد بلا عدد ولا وزن.

رشا: يا حبيبتي.. ربنا يسعدك دايمًا.. أنا مبسوطة إنك فرحانة.

روح: أنا كمان مبسوطة إنك جيتِ النهارده وشفتِ حاجة جديدة.. يا ريتني أقدر دايمًا أدلك على إللي يبسطك ويسعد قلبك.

رشا: إنتِ دلتيني فعلًا يا روح.. ولسه بتدليني.. بس لو تدليني

على شمسي وتنقذيني من حيرتي تبقي إديتيني أكبر هدية في حياتي.

روح مبتسمة:

ـ شمسك جنبك وإنتِ إللي مش شايفاه.

رشا: نور؟ لأ ما طلعش نور.

روح مبتسمة:

ـ لأ مش نور.. بس حد قريب منك.

رشا: إنتِ عارفاه ولَّا بتقولي كده مجازًا؟

روح: ربك لما يريد هتشوفيه.. إدعيله بس يرزقك إشارة.

رشا: يا رب يا روح.

انتهت ليلة المولد، وغسلت زيارة الحسين الأرواح الثلاث، وعادت رشا لتضع رأسها وتنام وبعد أن تحدث ربها بقلبها كما تعودت.. ثم تذكرت كلام روح ودعت الله أن يرزقها إشارة عن شمسها.. أغمضت عينيها وهي تصلي على الحبيب.. وجدت نفسها تصلي عليه بصيغة صلاة لم تكن تعتادها من قبل: «اللهم صلِّ على الروح الذكية العطرة.. روح سيدنا محمد، صلاة تملأ خزائن الله نورًا، وتكون لنا فرجًا وفرحًا وسرورًا».

١٤

مضت الأيام ورشا تحرص على أن تكون بجوار روح بدرجة أكبر من المعتاد.. كانت تتصل بها يوميًا وتتقابلان بشكل منتظم.. كانت رشا ترقب روح وهي مفتقدة وجود نور بجانبها ومستوحشة الحياة بدونه.. كانتا تجلسان كعادتهما في نفس المقهى وكانت روح تنظر إلى النيل وتطيل النظر في صمت.

في هذه الفترة بدأت رشا تشعر بما يدور بداخل روح كما كانت روح تشعر معها وتقرأ أفكارها في البداية.. احترمت تلك الأوقات وتركتها مع ذكرياتها واكتفت بالتواجد بجانبها فقط إلى أن خرجت روح عن صمتها.

روح: إنتِ عارفة يا رشا إن دي أول مرة نور يغيب فيها كده؟

رشا: يا حبيبتي.. وحشك؟

روح: كلمة وحشني قليلة على إللي أنا حاسة بيه.. أنا حاسة إني زي إللي بيتنفس بالعافية والهوا إللي في الدنيا دي كلها ضيق عليه ومش مكفيني.

رشا: كلها كام يوم ويرجع أكيد.. مش إنتِ قلتيلي إنه متعود يقسم وقته بين مصر والمغرب؟ أكيد هيرجع قريب إن شاء الله!

روح: ما يتهيألیش.. المرة دي طول أوي.. وحاسة إنه لسه هيطول أكتر.. نور عمره ما يقدر يبعد عن مصر أكتر من أسبوعين.. المرة دي داخل على شهرين.. إزاي قدر! ما أعرفش! كان زمانه دلوقتِ قاعد معايا قصاد البحر يكتب بالساعات وأنا ساكتة وبس.. عين عليه وعين على البحر أحكيله على اللي جوايا ويبعتلي موجه يطبطب على قلبي ويزيدني حب.. حب لربي إللي خلق كل الجمال ده وحب لنور إللي منور قلبي وقاعد قصاد عيني طول الوقت.. ما هو ده كل أملي في الدنيا.. أشوفه قصادي وبس.

رشا: كنتوا بتسافروا تصيفوا سوا؟

روح: نور حبيبي لازم يقضي شهر قصاد البحر.. أصله متعود يكتب كتاب كل سنة وينشره قبل مولد سيدنا النبي عليه الصلاة والسلام في ربيع الأول كل سنة هجرية.. كان بيقولي إنه بيحب يهادي الحبيب كل سنة كتاب علشان لما يشوفه هيطلب منه إنه يقراله كتبه إللي كتبها بنفسه وكده يضمن إنه يقضي معاه وقت طويل.. ما هو برضه كان بيقولي إن الحبيب صلى الله عليه وسلم ما بيكسرش بخاطر حد فلازم هيخليه يقراله الكتب.. شفتِ جميل إزاي؟

ابتسمت رشا.

أكملت روح:

ـ أنا بَقه كنت متعودة أطلع أزوره وأرجع.. براء أحيانًا كان بييجي معايا وأحيانًا لأ.. أصله ما كانش بيقدر على قعداتنا قصاد البحر من صباحية ربنا لغاية الغروب ساكتين.. يا دوب بس شوية كلام قليلين لغاية ما نور يخلص كتابة ويقرالي هوَّ كتب إيه.. أسمع كلامه وأحس إني طايرة زي العصافير.. دموعي بتنزل ما أعرفش بتيجي إزاي ولا منين.. وهوَّ يبصلي ويبتسم ويقولي قلبك ده مش من هنا.. قلبك ده من فوق زي قلوب الملايكة الخضر بتطرح حب.. بس مين إللي يلاحق على الطرح.. آه والنبي دايمًا كان يقولي كده.. إنتِ قلبك أخضر يا روح.

نظرت إلى النيل مجددًا، واحتضنت نفسها، وأغمضت عينيها وكأنها تحتضنه وقالت:

ـ ارجع بَقه.. وحشتني! ارجع يا نور.. ارجع ونور قلبي.. قلبي الأخضر عطشان لقربك.. قرب شوية ارويني وابعد تاني بس ما تبعدش كتير!

كانت رشا تجلس وترقبها وتحترم خصوصية الموقف.. وجدتها تفتح عينيها فجأة.. ثم أمسكت ورقة واستغرقت في الكتابة، فهمت رشا أن روح شعرت بكلمات في رأسها أو ربما في قلبها.. إنها قصيدة جديدة، ولكن هل سيسمعها صاحبها؟

انتظرت رشا روح حتى فرغت من الكتابة ثم سألتها:

ـ قصيدة جديدة؟

روح مبتسمة:

ـ أيوه.

رشا: ممكن أسمعها منك؟

روح مبتسمة:

- عيوني.

رشا: تسلم عيونك.

بدأت روح بالقراءة:

كل ما بابعد بروحي عنك بالاقيها بتشدني ليك كمان وكمان

باحس إن إنت برضه بتبعد بروحك في نفس الوقت بالتمام

نبعد بعيد على أد ما نقدر وإحنا أصلًا بياكل في قلوبنا الحرمان

ترجعنا أرواحنا تاني لبعض وكأننا لا بعدنا ولا قدرنا حتى نفكر في النسيان

وننسى إزاي وإحنا كل حاجة فينا بتفكرنا باللي بينّا من زمان

ما هو أصله مش بإيدينا ده بإيدين الرحمن

حط قلبك في قلبي وحط قلبي في قلبك وجمع أرواحنا من قبل الزمان بزمان

إزاي بَقه إحنا هنقدر نفرق إللي جمعه المنان؟

إحنا بس يا دوب ندعي وأنا عارفاه حنين لازم هيجمعنا في مكان مش هوّ إللي نفخ من روحه فينا؟ يبقى لازم هيحن علينا ده حتى اسمه الحنّان

قامت رشا وضمت روح ومسحت على شعرها الأسود المموج..

لم تكن تعلم ما يمكن أن تقوله لها لتواسيها وتخفف من آلامها..

اكتفت بالحضن الصامت، روح ستشعر بها ولن تحتاج إلى الكلمات..

الصمت أحيانًا كثيرة أبلغ من كل الكلمات.

عادت رشا إلى منزلها وقد قررت أن تكتب إيميلًا لنور للاطمئنان عليه والسؤال عن موعد عودته:

العزيز نور

برغم أنني لا أعرفك من وقت طويل ولكني لا أخفيك سرًّا أنني أفتقدك وأفتقد جلساتنا الجميلة معًا مع روح وبراء.. لم أكن أرغب في اقتحام خلوتك وانفرادك بنفسك في هذا الوقت الحرج، ولكني استأذنت منك قبل السفر أن أراسلك لأطمئن عليك وأنت سمحت لي.. انتظرت طويلًا أن تعود إلى القاهرة ولكنك لم تعد.. انتابني القلق عليك أن تكون ما زلت على نفس حالك قبل أن تغادر إلى مراكش.. أرجو أن تطمئنني عليك فأنت تعلم أني أقدرك وأحترمك وأنا بالفعل أشعر بالقلق عليك.

تذكر أنني موجودة دومًا للاستماع إليك.

حاملة الأمانة والمفتاح ☺

رشا

وما هي إلا بضع ساعات حتى تلقت رشا الرد من نور:

العزيزة رشا

سعدت كثيرًا بالإيميل المرسل منك، واسمحي لي أن أستعير تعبيرك، فبرغم أنني لا أعرفك من وقت طويل إلا أني لا أخفيك سرًّا أشعر بأنني أعرفك من وقت طويل ولكِ مكانة خاصة لديَّ، تأكد شعوري هذا بعد أن أخبرتني بالرؤية وفهمت ما سر هذا الارتباط في هذا الوقت القصير.. إنها الأرواح المجندة يا صديقتي العزيزة.

أشكرك بشدة على الاطمئنان عليَّ، فأنا فعلًا لم أعد إلى القاهرة لأنني لم أُشفَ تمامًا من الحالة التي كنت عليها بعد أن سمعت أشعار روح في تلك الليلة.

لقد مر عليَّ الوقت هنا صعبًا جدًّا، وبرغم ذهابي إلى شيخي وإطلاعي له على سري، وبرغم أنها أول مرة أفرج عن أحاسيسي التي اعتدت دومًا كتمانها ولا أخجل أن أقول لكِ إني بكيت بين يدي شيخي من لوعة الحب وحرماني.. أخبرته بكل شيء ولم أخفِ عنه تفصيلة.. أطلعته على رؤياي كلها وعن التكليف الذي أُمرت به.. طلبت منه المشورة والمساعدة والنصيحة.. كنت آمل أن يقول لي إن أمر التكليف هذا من وحي خيالي ويريحني من عذابي ولكنه لم يقل.. وبرغم وجود حياة بجانبي ومحاولتها مساندتي ـ تظن حياة أنني أمر بحالة من حالات الترقي التي يعبر خلالها شيوخ الطريقة لإثراء تجربتهم وتجريدهم من متعلقات الدنيا بقلبهم ـ إلا أنني لم أتعافَ تمامًا.

لا أنكر رحمة ربي بي بتنزيل السكينة على قلبي، وطبعًا دور شيخي الجيلاني في تحسني بدرجة كبيرة.. لقد دعا الله لي كثيرًا وأعاذني من الشيطان وضعف النفس بالرقى العديدة.. أمكثني في منزله أيامًا وليالي.. أجلسني بجواره في مجالس الذكر والحضرات... راقبني عن قُرب وعن بُعد.. وبمجرد أن تحسنت قليلًا طلبت منه أن يقبلني في خدمته ومصاحبته والاستزادة من تشربُ العلم منه، وأن يعفيني من العودة إلى مصر مرة أخرى علني أتعافى

من هذا العشق وأعود كما كنت لا يشغلني شيء في طريقي لله.. لكن الشيخ الجيلاني رفض، وقال لي إن التكليف الذي كُلفت به مهمة لا يجب أن أهرب منها.. وهذا حال السالك.. يُكلف فيرتقي.. ويتخلى فيتحلى فعليه الأنوار تتجلى.. هذا هو قدر السالك في طريقه من أهل الله أن يظل بين التخلي والتجلي طول الطريق.

ويبدو أن قدري أن أحب روح، ولكن أتخلى عن القرب منها إلى أن يأذن الرحمن.

أنا الآن في حال أفضل، ولكني لا أريد العودة إلا عندما أتعافى تمامًا حتى لا أضعف مرة أخرى عندما أرى صاحبة الغمازة الواحدة.. أريد عندما أنظر إلى عينيها السوداوين مرة أخرى أن أنظر نظرة الشيخ المربي وليس نظرة الحبيب، فهذا قدرنا، وكما قالت الضئيلة المتوهجة حبًا في قصيدتها: «فمن منا للقدر كان يومًا متخيرًا أو متحكِّمًا أو حتى متفهما».. ادعي لي ولها.

نور

مرت الأيام حتى قارب غياب نور ثلاثة أشهر، ولكن هلَّ رمضان وعاد معه نور وبصحبته حياة إلى القاهرة.. ووجهت حياة الدعوة لروح وبراء ورشا ليفطروا معهما في أول يوم رمضان.. اضطرت رشا للاعتذار فهي مثل معظم المصريين تعودت أن تفطر أول يوم رمضان مع العائلة مهما كانت المغريات الأخرى.. وكتبت رشا لنور رسالة اعتذار:

العزيز نور
أكتب إليك مهنئة بالشهر الكريم ومرحبة بوصولك
مصر.. أرجو أن تكون أفضل حالًا الآن.. أتمنى لك
في هذا الشهر الكريم صومًا مقبولًا وقيامًا ودعاءً
مرفوعًا.
أرجو أن تقبل اعتذاري عن عدم مشاركتكم الإفطار
وتحياتي الحارة لحياة.. أراك قريبًا بإذن الله.

رشا

وبرغم زحام أول يوم رمضان والأهل والتهاني وإعداد العديد
من أصناف الطعام إلا أن رشا كانت دائمة التفكير في روح ونور
وكانت قلقة جدًّا عليهما.. ترى كيف كان اللقاء بينهما؟ هل عادا
ملتزمين أم ظلا ضعيفين؟ انتظرت أن تنتهي صلاة التراويح لتتصل
بروح وتطمئن عليها.

رشا: روح حبيبتي عاملة إيه؟

روح: الحمد لله يا عمري بخير.. إنتِ عملتِ إيه النهارده؟

رشا: أنا تمام، نعمة ربنا يديمها عليَّ.. صيام وصلاة وقرآن..
الحمد لله.

روح: تستاهلي الحمد يا روحي.. ربنا يديمها نعمة علينا.

رشا: آمين يا حبيبتي.. طمنيني اللقاء كان عامل إزاي؟

روح: ما أنكرش إنه كان واحشني وواحش روحي، بس الحمد لله
حاسة إني قدرت أرجع زي ما كنت وإن ربنا استجاب لدعواتي.

رشا: الحمد لله يا حبيبتي.. ونور؟

روح: مش عارفة ليه شكله كان شاحب شويتين وكان باين عليه

تعبان.. ما كانش بطبيعته إللي أنا متعودة عليها.. مفيش حاجة كبيرة متغيرة فيه بس ده إحساسي.. الهالة بتاعته مختلفة.. الحضور بتاعه متغير.. فيه حاجة مش عارفة إيه بالظبط.. مع إنه لما كان بيرجع من عند مولانا كان بيبقى على العكس تمامًا.. كنتِ تحسي كده إنه بيفيض نور.. وشه كان بيبقى ولا البدر في ليلة تمامه.. وبيفضل يتكلم كتير وبسرعة زي ما يكون لسانه مش ملاحق على الفتح إللي ربنا فاتحه عليه.. كنت بابقى مستنية الرجعة دي زي ما باستنى هلال رمضان.

رشا: اتكلمتوا مع بعض طيب ولَّا كله كان كلام عام؟

روح: اتكلمنا.. سألني بتعملي إيه دلوقتِ وقلتله باقرا في الحكم العطائية.

رشا: طيب كويس.. كلمك على الكتاب واتناقشتوا عنه أكيد.

روح: لا.. قالي إنه كتاب مهم وإنه قراه أكتر من مرة، وكل مرة كان ربنا بيفتح عليه بفتح جديد ويفهم فيه معاني جديدة.. بس.

رشا: بس؟

روح: مش باقولك فيه حاجة فيه متغيرة.. مش هوَّ ده نور.. حتى لما براء سأله: إيه الغيبة الطويلة دي؟ حسيته ارتبك شوية ودي مش طبيعة نور خالص!

رشا: وقال لبراء إيه؟

روح: قاله إن سيدي كان واحشه وكان حاسس إنه عايز يفضل جنبه شوية.

رشا: ربنا يصلحله الأحوال.

تلقت رشا رد نور بعدها:

العزيزة رشا

أشكرك على الاطمئنان عليَّ وأهنئك بالمثل بشهر
رمضان الكريم.. أعاننا الله فيه على ذكره وشكره
وحسن عبادته، وجعلنا وإياكم من المقبولين، وأعتقنا
من النار. أنا في حال أحسن ولله الحمد بفضل الله
وبمساعدة سيدي الجيلاني.

افتقدناكِ بالفعل في إفطار أول يوم رمضان، ولكن
دائمًا الخيرة فيما يختاره الله.

أرجو أن نسعد بكِ أنا وحياة يوم الخميس القادم وكل
خميس في الشهر الكريم في جلسات الذكر في منزلنا.
أرجو أن تنضمي إلينا فيها.. سأبلغ تحياتك لحياة إلى
أن تتقابلا قريبًا بإذن الله.

نور

سعدت رشا بالدعوة وقررت قبولها.. فمن يستطيع أن يرفض
جلسة ذكر في رمضان؟

وصلت رشا إلى منزل نور يوم الخميس فوجدته مليئًا بالوجوه
المنيرة بنور الله والأرواح المشعة حبًا وخيرًا.. كانت السكينة والسلام
يعمان المكان والحاضرين.. وتفوح من المنزل رائحة البخور وتعلو
فيه أصوات الذكر والمديح.. شعرت رشا بسعادة غامرة وسط هذه
الأجواء الروحانية.. وكانت روح تقوم بدور المرشد لها.. فكانت
تتولاها وترافقها في المجلس وتجيب عن أسئلتها.. أما براء فكان
في خدمة المشايخ من الحضور... كان يسرع لتلبية أي طلب لهم،

وكان يلزم الجلوس على الأرض بجانبهم.. كان مشهد تقبيل الأيدي والرؤوس متكررًا ومتبادلًا بين أغلب الحاضرين من الرجال مهما علت مقاماتهم.. فالجميع يتنافس في الأدب والتواضع لله لرفع مقامه أعلى وأعلى.

رأت رشا حياة بشكل مختلف في أجواء المجلس.. رأتها أبسط وأقرب للوصف الذي وصفتها به روح.. هكذا تكون السيدة التي تربت ونشأت في أسرة متصوفة محبة.. متواضعة هادئة مبتسمة مرحبة بالكل وتفيض كرمًا وحبًا.

كانت رشا تعتقد أن نور سيكون هو المتحدث وقت الدرس.. وأنه سوف ينقل بعضًا مما يحمل من أنوار بداخله للحاضرين.. كانت تعلم أنه ليس شخصًا عاديًا منذ أول يوم رأته، وتأكد ذلك الإحساس خلال الشهور الماضية، وأكدته الرؤيا التي رأته فيها مع روح وقصتهما الغريبة التي لم تسمع بمثلها من قبل.. كانت رشا تلقب نور بينها وبين نفسها بالقديس العاشق.. كانت ترى حقيقته بعين البصيرة من أول يوم، وكانت تشعر بهالة النور تحيطه حتى وإن لم تكن تراها بعينيها.. كانت كثيرًا ما تتساءل بينها وبين نفسها: «ترى من يكون هذا النور؟».. وها قد اقتربت منه وعرفت أنه نور بالفعل.. كانت كثيرًا ما تنظر إليه وتتخيل أنه يحدث روح بقلبه كما سمعت روحيهما ذلك اليوم.. كانت تتخيله يحدثها قائلًا: يومًا ما ستعبرين تلك الهالة التي تحول الآن بيننا.. يومًا ما ستحوطنا هالة النور معًا وتجتمع روحانا مجددًا ولن نفترق.. فما يجمعه الله لا يفرقه بشر.

همست رشا في أذن روح بعد الدرس:

ـ كنت فاكرة نور هوَّ إللي هيدينا الدرس!

روح: نور؟ مش ممكن!

رشا: مش ممكن ليه؟

روح: فيه مقولة عند الصوفية بتقول: «الظهور يقسم الظهور».. نور مؤمن جدًّا بيها.

رشا: بس أنا فيه حاجة جوايا بتقولي إنه لو اتكلم كلامه هيبقى أحلى من كلام ناس كتير من إللي بنسمعهم بيتكلموا في الدين.

روح: طبعًا.. نور كلامه بيدخل القلب فورًا.. دي هبة ومنحة ربنا سبحانه وتعالى أنعم عليه ومنحهاله.. أنا شخصيًّا محظوظة إنه شيخي وإني باسمعه كتير.. لما بيتكلم ما باحسش بالوقت إن كان ساعة ولَّا دقيقة.. كأني في مكان تاني.. بافوق بس أول ما بيخلص كلام.. إنتِ عارفة إني باخاف عليه من الحسد.. آه والنبي.. وكمان بارقيه.. بارقيه بقلبي وباخاف عليه من الحسد والعين.. ما هو لو عين صابته هتصبني في قلبي وفي الحتة إللي فيها الغاليين ساكنين.. هوَّ حقيقي قلبي شايل كتير غاليين.. بس هوَّ في حتة تانية خالص غير كل إللي ساكنين.. حتة بعيد عن أي حد زار ولَّا عدى ولَّا حتى قعد في قلبي سنين.. حتة اتخلقت له واتخلقت منه.. إزاي أنا بَقه ممكن أسكِّن غيره في مكانه وهوَّ مالي القلب والروح والعين؟!

رشا: يا بخت نور بيكِ ويا بختك بيه.. عقبالي أنا كمان لما ربنا يبعتلي شمسي وأبقى محظوظة بيه زيك!

تبتسم روح وتربت على كتف رشا:

ـ ادعي ربنا يعرَّفك شمسك وإنتِ تلاقيه.. أصل الشموس على أد ما بيبقوا منورين على أد ما بيبقوا مخفيين.

رشا: يا رب يا روح.. يا سلام لو ربنا يكرمني رمضان ده ويبعتلي شمسي.. دا أنا الفرحة مش هتساعني.

تبتسم روح وتحتضنها برقة:

ـ محدش عارف.. يبعتلك الهنا كله إن شاء الله.

صلى الجميع صلاة الفجر جماعة وودعوا نور وحياة شاكرين لهم حسن ضيافتهم واستقبالهم لهذا الجمع النوراني الجميل، ومضى كل منهم في طريقه بلهفة على أمل اللقاء وتكرار الجمع كل خميس في جلسة حب لله ورسوله عليه أفضل الصلاة والسلام.

جاءت ليلة ٢١.. كانت أولى الليالي الوترية.. أحست رشا أن الإشارات تشير إلى كونها ليلة القدر.. كان بين الحاضرين أهل علم ونور ومكاشفة.. كانوا يشعرون أن هذه هي ليلة القدر بالفعل، ولكنهم لا يستطيعون أن يبوحوا بما فتح الله به عليهم فيحرموا أجرها.. كما أنهم لا يستطيعون أن يطلعوا الناس بأنهم أهل مكاشفة فتقطع عنهم الواردات الإلهية والمنح.. فهم كما قال السهروردي: «بالسر إن باحوا تُباح دماؤهم»، كناية عن العلاقة الخاصة والسرية بينهم وبين الله، والتي إذا صرحوا بها حرموا منها وطردوا على الأبواب مثل العوام، وهذا في حد ذاته موت بالنسبة إليهم.. ولكنهم كانوا يشيرون لأحبائهم بعبارات غامضة ترشدهم للاجتهاد في الدعاء والصلاة في تلك الليلة زيادة عن أي ليلة أخرى.

شعرت رشا أن الذكر في هذه الليلة فعلًا مختلف، وأن روح تبدو أيضًا مختلفة عن أي جلسة من جلسات الذكر السابقة، وأعلى من

كل حالات السمو الروحاني التي كانت تراها تكسوها كلما توجهتا معًا لزيارة مقامات آل البيت الأطهار.

مالت روح على رشا، وهمست لها في أذنها:

ـ شامة ريحة الخوخ؟

رشا باستغراب:

ـ خوخ؟ خوخ إيه يا روح؟!

روح مبتسمة:

ـ ما هي ريحتهم النهارده مدية على خوخ.

رشا: همَّ مين يا روح؟

روح: الملايكة.

رشا: يا خسارة أنا مش شامة! ريحتهم حلوة مش كده؟ عاملة إزاي يا روح اوصفيلي!

فتحت روح عينيها بإعجاب وكأنها ترى الملائكة بالفعل وتصفهم لرشا وهي تحرك يديها برشاقة في حركات تكميلية لوصفها بالكلمات:

ـ هيَّ صحيح ريحة خوخ بجد، بس مش زي الخوخ إللي إحنا بنشمه في أي حتة ولا بناكله في أي وقت.. ريحة كده بتهف زي نسمة باردة هواها نقي كأنها ما مرتش على أي حد وما اتشمتش من قبل كده، ولسه ربك باعتها من عنده في التو واللحظة.. تحسيها بتهف كل ما يرفرفوا بجناحاتهم حواليكِ ولَّا يقربوا من وشك وينفخوا برقة حبة هوا في الجو.. وساعتها باحس بيهم في قلبي وبافهم إنهم بيقولولي إحنا أهو جنبك يا روح وواخدين بالنا منك.. اطمني على الآخر وسيبي نفسك بس

تحس.. تحس بالجمال والحب إللي شايلاهم جناحاتنا ليكِ وما تقلقيش على أي حاجة ولا من أي حاجة ولا على أي حد.. باحسهم ورديات.. آه والنبي.. ورديات زي ورديات الحراسة.. الليلة ريحتهم خوخ وبُكرة يمكن تكون وردية العنبر ومن كام يوم كانت وردية الماورد... أصلهم بيفكروني بموج البحر.. الموج كله شكل واحد وييجي ورا بعضه بتوقيت مظبوط بالظبط، بس كل موجة بتيجي بميه بحر مختلفة غير إللي قبلها وغير إللي جاية وراها وغير إللي هيفضلوا ييجوا طول الوقت.. بس إللي بيبعتهم هوَّ هوَّ لا بيتغير ولا بيتبدل ولا ليه زي.

كانت رشا تلاحظ عيني نور المسلطة على روح في هذه الليلة.. تذكرت كلماته في الإيميل الذي أرسله إليها من مراكش.. تذكرت أنه لا يريد أن يعود إلا عندما يستطيع أن ينظر في عيني روح نظرة الشيخ المربي وليس نظرة الحبيب، ولكنها اليوم رأته ينظر إليها نظرة الحبيب، ولكنه حبيب من نوع مختلف.. حبيب منتهى آماله هو أن ينظر إلى حبيبته في عينيها ويبوح بحبه لحبيبته.

أحست رشا بما يدور في رأس نور.. تخيلته يأخذها بشالها الأخضر بعيدًا عن كل العيون.. تخيلته يصلي بها وحدها في مكان خافت الضوء منير فقط بنور هالتهما كما يراها في رؤياه.. يقضيان الليلة يصليان ويذكران الله ويشهدانه حبهما الذي نشأ في معيته وحب المصطفى النور عليه السلام.. كانت كأنها تراه وهو يقرأ ويرتل القرآن وروح تستمع إليه بكل إحساس، فيظل يقرأ ويرتل ولا يتوقفان أبدًا عن الصلاة.. تمامًا مثل الملائكة.. صلاة وتسابيح وقرآن.

تخيلت أنه بالتأكيد يريد أن يجلسها بين يديه، ويطلعها على ما فتح الله عليه به، وكشفه له في تلك الليلة دون تلميح أو حجب.

ومرة أخرى ـ مثل المرة السابقة، ليلة الأمسية الشعرية ـ سكتت كل الأصوات من حولها واخترق ذلك الهدوء صوت نور ـ أو صوت روح نور ـ تناجي روح روح: «ترى متى أستطيع أن أصطحبك لأمي، ستنا نفيسة، أمي وأمك وأشهدها أن عروسي في عالم الأرواح أصبحت عروسي في الدنيا أيضًا؟».

كانا يتمنيان نفس الأمنية.

ردت روح على نور تطمئنه أنها تشعر به، وأنها هي أيضًا تتمنى أن يصلي بها، وتجلس مستمعة إلى ترتيله للقرآن.. كانت روح روح تقول: «اصبر حبيبي واتصبر زيي تمام.. ما هو أنا إللي مصبرني إني عارفة إن نهايتي معاك.. مش أنا أصلًا منك؟ يبقى لازم هارجعلك وأسكن تاني جواك.. باشغل نفسي عنك عشان ما اشتاقلكش ولا أفكر إمتى أرواحنا هتتجمع وأبقى جنبك ومعاك.. بس المشكلة في روحي إللي بتهواك.. مهما أشغلها بالاقيها بتحوم كل شوية حواليك وقرب هواك.. ما أنا وإنت عارفين إنهم كانوا واحد واتقسم تلت معايا وتلتين وياك».

وفجأة نهض نور من مكانه وهو ينظر إلى روح متجهًا إليها.. كان قلب رشا ينبض بقوة، وتخيلت أن نور بعد أن ناجت روحه روح قد يقدم على اعتراف أو على الأقل تلميح.. رأت روح نور أيضًا وهو متجه إليها.. أمسكت يد رشا بقوة وكأنها تستمد منها القوة لمواجهة عيني نور المسلطتين عليها عن بعد وقدومه إليها.

رشا: يا خبر يا روح! إنتِ إيديكِ ساقعة كده ليه؟!

روح: مش إيديَّ بس، أنا جسمي كله مش على بعضه.. مش شايفة نور بيبصلي إزاي وجاي علينا؟!

نهضت روح لتقف أمام نور.. بينما أخذ نور ينظر في عيني روح السوداوين ثم قال:

ـ كل سنة وإنتِ طيبة يا روح.

روح بمسحة ابتسام وهي تقاوم خجل النظر في عيني نور:

ـ وإنت طيب.

نور: النهارده يبقى بقالك خمس سنين في الطريقة.. أكيد مش ناسية.

روح مبتسمة:

ـ أنسى يوم ما اتولدت بحق وحقيقي؟ وعلى إيدك كمان؟ مش ممكن! بس إنت ربي يحميك.. إزاي فاكر؟!

نور: أنا مش ممكن أنسى أي حاجة تتعلق بيكِ يا روح.. الحقيقة كنت محتار أهاديكِ إيه في المناسبة الجميلة دي، وبصراحة دورت كتير على حاجة شبهك بس إنتِ طبعًا عارفة إنك ملكيش زي!

ابتسمت روح بخجل، ونظرت إلى الأرض هاربة من نظرات نور وكلماته الرقيقة لها ولم ترد.

نور: بس زي عوايدك حاجتك بتجيلك لغاية عندك وبتبقى مقسومة لكِ من زمان.

استغربت روح، وأرجعت خصلات شعرها خلف أذنها وسألته:

ـ حاجتي أنا؟ حاجة إيه؟

أخرج نور من جيب بنطلونه قصاصة من التُّل الأبيض ومد يده
بها إلى روح.

نور: كنت باصلي التراويح إمبارح عند أمي ستنا نفيسة رضي
الله عنها، وبعد ما سلمت وأنا خارج من عند المقام لقيت
حارس المقام بينادي عليَّ وبيديني حتة من كسوة المقام
التُّل القديمة.. حسيت إنها بتاعتك.. قلت أهي هديتها إللي
شبهها جتلها.

فرحت روح بقصاصة التُّل وبرقت عيناها ولمعتا بشدة، مدت
يدها لتأخذ قصاصة التُّل من يد نور ولكن نور لم يتركها من يده..
ظل متمسكًا بالتُّل وينظر في عيني روح وكأنه يرسل إليها رسالة حب
عبر قطعة التُّل البيضاء.. كأنه كان يقول لها إن تلك القصاصة الرقيقة
مثل الرابط الذي يربط بيننا.. صافٍ بصفاء لونه الأبيض، ورقيق برقة
نسيجه، ورقة صاحبة المقام الذي يلفه.. أمه وأمها.. نفيسة العلم.

كانت رشا تنظر إلى أيديهما وهي تمسك التُّل كلٍّ من طرف وقلبها
يدق والتوتر يسيطر عليها.. فهي تعلم ما سوف يلم بكل منهما بعد
هذه الواقعة.. سوف تكون ليلة ليلاء على هاتين الروحين تمامًا كما
حدث ليلة الأمسية الشعرية.

أمسك نور يد روح بيديه الاثنتين وهي ممسكة بقصاصة التُّل،
وربت على يدها مبتسمًا وقال:

ـ يا رب تكوني حبتيها.

تركت روح يدها لأول مرة تحتضنها يدا نور، وردت عليه برقة:

ـ حبيتها أوي.. تسلملي ويزيدك نور!

ترك نور روح وجلس بعيدًا في صدارة المجلس كما كان، ولكن عينيه كانتا معلقتين عليها طوال المجلس.. ظنت رشا أنها رأت نور يشم يده مرة أو اثنتين.. هل كان يشم رائحة روح في يده؟

كانت عينا روح أيضًا معلقتين بصاحب الهالة النورانية القديس العاشق وهي ممسكة بقصاصة التَّل بيدها، مغلقة عليها أصابعها بقوة، وتقربها لاشعوريًا من قلبها وكأنها تتعلق بالشيء الوحيد الملموس في قصة حبهما الحالمة ليؤكد لها وجود الرابط الروحي بين روحيهما من قديم الأزل.

مالت رشا على روح وهمست في أذنها:

ـ إنتِ كويسة؟

روح مبتسمة:

ـ ولا أحسن من كده.

ربتت رشا على كتفيها وابتسمت:

ـ يا رب دايمًا.. كل سنة وإنتِ طيبة يا حبيبتي.

روح: تسلميلي ويسعدك ربي.. عقبال ما أباركلك قريب إن شاء الله.

رشا: من بقك لباب السما.

روح: مين عارف.. يمكن نفس الليلة إللي ربي بعتلي فيها رزقي يبعتلك إنتِ كمان فيها رزقك.

رشا: يا رب يا روح!

بدأ الدرس واستمع الجميع حتى جاء موعد صلاة التهجد،

وبدأ الحاضرون ذوو الوجوه المنيرة في الصلاة والدعاء، كان من بينهم نور الذي كان يصلي شارد الذهن تمامًا دامع العينين حيران.. شعرت رشا بالأسى بشدة تجاهه، فهو لم يتعافَ بعد من موجة الضعف الأولى التي انتابته، وها هو الآن تهاجمه موجة أخرى تعصف بقلبه وبهالته حتى إنه رغم إحساسه بأنها ليلة القدر إلا أنه لم يستطع أن يسيطر على قلبه.. لقد وصل الأمر بالفعل إلى منتهاه معه، ولم يعد يستطيع التحكم والسيطرة على قلبه الذي اعتصره الحرمان.. كان واضحًا أن نور لم يعد يستطيع العودة كما كان.. نور الشيخ المربي فقط وأي شيء آخر مؤجل إلى أن يأمر ويأتي الإذن من الحنَّان المنَّان.

انتهت الليلة، وانصرف الجميع، وعادت رشا إلى منزلها، ولكنها وسط أسرتها كانت تشعر بكل ما تمر به روح.. ربما ليس بالضبط، ولكنه بنسبة كبيرة كان أقرب ما يكون لما يحدث بالفعل.. إنها نفس الذبذبات التي شعرت بها في أول لقاء لها بروح ونور.. لقد استوعبت الدروس التي لقنتها لها روح.. استوعبت أن تثق فيما تشعر به حتى وإن لم يكن لديها له تفسير منطقي.. أحست أن الرابط القوي الذي يربط بينها وبين روح ونور جعلها شبه وسيط بينهما في عالم الأرواح، تسمع أحاديثهما وتشاركهما الرؤية.. أحست أن ذلك الرابط القديم هو الذي يرسل إليها ذبذبات ما تمر به روح في منزلها وكأنها تشاهدها أمامها أو تجلس معها.

كانت تشعر أنه برغم سعادة روح وإحساسها بالقرب من الله والفتح والنورانيات التي كانت تغمرها في تلك الليلة إلا أن القلق

على نور كان يحتل مساحة ليست قليلة بداخلها.. كانت رشا تشعر بقلق روح على نور.. لم تكن روح تعلم أن تلك العطايا هي سبب أن ابتلاء نور وعذابه أكبر وأشد منها.. لم تكن تعلم أن نور كان يدعو الله أن يجعل له نصيبها ونصيبه من العذاب حتى لا تتألم هي.

وضعت رشا رأسها لتنام.

١٦

توقعت رشا أن ترى روح ونور في رؤية مرة أخرى بعد أن وصلت معهما لتلك الدرجة من الارتباط.. كانت معهما بالفعل.. كانت تحمل المفتاح وتقف في حيرة وقلق.. كانت ترى روح ولكنها لم تكن تسمع أو ترى بوضوح وكأن هناك حاجزًا ضبابيًّا بينها وبين روح.. إلى أن رأت مكانًا للمفتاح في وسط الحاجز الضبابي.. وضعت المفتاح فانقشع.. روح بعيدة عنها ولكنها تراها وتسمعها بوضوح.. كانت تفصل بينهما أنهار وقصور... رأت روح تمشي في طريق جميل بردائها الأخضر الحريري الطويل.. رأت الملائكة تطير.. رأت غلمان الجنة يصطفون.. رأت أنهار اللبن وأنهار الخمر ورأت القصور.. رأت هالات كثيرة من النور.. ولكنها وسط كل ذلك لم ترَ نور.. لم يكن يصطحبها في هذا الطريق ولم يكن حتى وسط الحضور.. كان الكل سعيدًا ولكن روح كانت وحيدة حزينة تنظر حولها تبحث عن صاحب الهالة المفقود... نور... سلمها أحد الغلمان رسالة ففتحتها على الفور ورأت فيها وجه نور.. وشعرت رشا كأنها تقرأ مع روح الرسالة:

٢٠٩

حبيبة الروح.. لقد حان وقت الفراق.. لقد خُيرت بين أن أبقى صامتًا بقربك أو أن أبوح لكِ ويحل بنا الفراق.. فاخترت البوح حتى لو كان ثمنه الفراق.. الآن فقط لم يعد محرمًا عليَّ البوح لكِ.. الآن فقط أقولها.. أحبك.. رجاءً لا تبكي يا سيدة قلبي.. لا تبكي فقد انتظرت هذه اللحظة طويلًا.. والآن جاء وقتها.. قد لا أكون بجوارك بعد اليوم.. فأنا سأذهب لحيث أتينا معًا.. إني ذاهب لأبدأ الاستعدادات لعرسنا في الجنة.. سوف أسبقك لأخبر الحور العين أن سيدتهن قادمة.. سوف أجعل غلمان الجنة يصطفون لشرف استقبالك.. سوف أحدث الملائكة عنك.. سوف أقول لهم إني تركت في الأرض نصفي الآخر وإنك تشبهينهم كثيرًا.. سوف أدلهم عليكِ كي يعرفوكِ حين يرونكِ.. سأقول لهم إنك لم تخلقي من نور مثلهم، ولكنك تشعين نورًا وبهاءً وضياءً.. سوف أرسلهم إليك ليرعوكِ ويسهروا عليكِ كما كنت أرسل قلبي ليرعاكِ كل ليلة.. سوف أطلب منهم أن يرافقوكِ في كل مكان ويتأكدوا أنك سعيدة.. سوف أكون في انتظارك حين يأتي موعد رجوعك لي لأفتح لك باب الجنة وأرافقك في أولى خطواتك فيها.. لا تحزني اليوم على الفراق، فإني ذاهب إلى مهام رجال أهل الجنة.. فالرجال يجب أن يعملوا على راحة سيدات الجنة وأنتِ منهن حبيبتي.. سوف يلبسك حامل الرسالة هالتي.. هي الآن ملككِ ولكِ.. وما أنا وما أنتِ؟ نحن نفس الروح.. لقد

دفعتها لقاء البوح لكِ.. فالبوح في حد ذاته هو كل شيء.. أنا واثق أنها ستزيدك جمالًا على جمالك ونورًا على نورك حتى وإن كان الفراق سيحرمني من متعة النظر إليكِ وهي تكسوكِ أيتها القديسة المحرمة.

ضممت روح الرسالة التي تحمل وجه نور إلى قلبها، ونظرت يمينًا ويسارًا تبحث عن غلمان الجنة وعن هالات النور ولكنها لم ترَ أيًّا منهم حولها في دائرة النور التي تحيطها.. جرت تبحث عن نور.. ولكنها لم تجده ولم تجد أيًّا من الحضور.. كانت الحيرة تعصف بها.. ماذا تفعل لتنقذ نور؟ لن تكون أبدًا هي السبب في خلعه لهالة النور وطرده من جنته التي طال بحثه عنها وطاف البلاد يحركه قلبه وتقوده روحه إليها.. جنته التي وجدها في طريق أهل الله ورداء العلم الذي زينه وزاده نورًا على نور.. كيف تكون هي السبب في حرمانه من الأنوار حتى وإن كانت تلك الأنوار سوف تنتقل إليها.. إنها تحبه أكثر من نفسها ويجب أن تحميه من نفسه ومن حبها الذي يضعفه يومًا بعد يوم.. إلى من تلجأ ليساعدها؟ كانت تجري وتنظر في كل مكان علها تجد إشارة ترشدها، ماذا تفعل من أجل حبيب قلبها المهدد بالحرمان من الأنوار.

رأت من بعيد شجرة رمان.. جرت إليها بكل قوتها وكلها أمل أن تجد المساعدة عند شجرتهما التي كتب عليهما عندها الحرمان.. وجدت أحد الملائكة يجلس تحت الشجرة ومعه القرآن.. نظر إليها نظرة حانية وتبسم وأشار إلى آيات في المصحف

الذي كانت أوراقه من قشر الرمان.. قرأت روح وقلبها يخفق بقوة: «يَـٰٓأَيُّهَا ٱلْمُزَّمِّلُ ۝ قُمِ ٱلَّيْلَ إِلَّا قَلِيلًا ۝ نِّصْفَهُۥ أَوِ ٱنقُصْ مِنْهُ قَلِيلًا ۝ أَوْ زِدْ عَلَيْهِ وَرَتِّلِ ٱلْقُرْءَانَ تَرْتِيلًا ۝ إِنَّا سَنُلْقِى عَلَيْكَ قَوْلًا ثَقِيلًا ۝ إِنَّ نَاشِئَةَ ٱلَّيْلِ هِىَ أَشَدُّ وَطْـًٔا وَأَقْوَمُ قِيلًا ۝ إِنَّ لَكَ فِى ٱلنَّهَارِ سَبْحًا طَوِيلًا ۝ وَٱذْكُرِ ٱسْمَ رَبِّكَ وَتَبَتَّلْ إِلَيْهِ تَبْتِيلًا ۝ رَّبُّ ٱلْمَشْرِقِ وَٱلْمَغْرِبِ لَا إِلَـٰهَ إِلَّا هُوَ فَٱتَّخِذْهُ وَكِيلًا ۝ وَٱصْبِرْ عَلَىٰ مَا يَقُولُونَ وَٱهْجُرْهُمْ هَجْرًا جَمِيلًا».

انسابت دموع روح في هدوء، ربت الملاك على كتفها برقة وضمها داخل جناحيه لبرهة ثم تبسم لها واختفى.. فهمت روح الإشارة.. إن الله يريدها أن تهجر نور الهجر الجميل، وأنه سبحانه وتعالى يرشدها أن تستقوي على هذا الفراق بقيام الليل وقراءة القرآن واتخاذه وحده وكيلًا.. ولكن الملاك لم يخبرها إلى أين تشد الرحال؟ مرة أخرى عادت تنظر يمينًا ويسارًا علها تجد الملاك فيعطيها إشارة تفهم منها أين تذهب!

أخذت تبحث بعينيها في كل مكان وتنظر إلى القصور والأنهار.. تجري للأشجار علها تجد رسالة أو أحد الغلمان.. ثم رأت رشا فنظرت إليها نظرة كلها حيرة وسألتها:

ـ فين يكون الهجر جميل؟ دليني يا رشا فين لازم أروح علشان أهجر نور؟

كانت الدموع تملأ عيني رشا.. وجدت في يدها مظروفًا كبيرًا من ذهب ملفوفًا برباط أخضر لون رداء روح.. أعطت رشا المظروف لروح.

فتحت روح المظروف بسرعة.. أخرجت منه كتاب «قواعد العشق

الأربعون».. سقطت روح على الأرض من الدهشة.. نظرت إلى رشا بحزن وألم.. فهمت الإشارة.. علمت أن قونيا هي المكان الذي سوف يشهد عليها: هل نفذت الأمر وهجرت نور الهجر الجميل أم تجاهلت كل الإشارات والرسائل وتعلقت بحبها وتسببت في خلع هالة النور عن نور؟

١٧

استيقظت رشا مفزوعة.. ما هذا الكابوس؟ فكرت أن تطمئن على روح.. التقطت هاتفها المحمول لتتصل بها، ولكنها فوجئت بوجود إيميل من روح.. خفق قلبها بشدة.. إنها أول مرة تتلقى إيميلًا من روح.. ترى ماذا سوف تقرأ بعد هذا الكابوس؟ فتحت الإيميل سريعًا وقرأت:

حبيبتي.. إن لكل شمس غروبًا.. وقد حان وقت غروبي.. كنتِ لي الرومي وكنت لكِ شمسك.. لقد كانت رحلتنا قصيرة ولكنها كانت ممتعة.. تمنيت أن تدركي أنني شمسك فتنتهي حيرتك في البحث وتهدأ روحك، ولكن شغف البحث بداخلك لم يجعلك ترين أن شمسك كان قاب قوسين أو أدنى منكِ.. لا تلومي نفسك، فهكذا كتب الله أن تكون تجربتك.. لقد أنهيت مهمتي معكِ.. ربما يأتي غيري ويبدأ معكِ من حيث انتهيت أنا.. وربما تكون تلك هي النهاية.. ذلك في علم الله.. ولكن ما أعلمه أنا جيدًا أنه ما زالت هناك شموس كثيرة

٢١٤

تبحث عن الرومي الخاص بها لتصبو إليه وتغترف من أنوار علمه وأسراره.. استمتعت بتجربتي معكِ وسوف أظل أتذكرك.. فلا شمس نسي الرومي يومًا ولا الرومي نسي شمسه أبدًا.. اعتني بنفسك جيدًا من أجل الله ونفخته بكِ.. رجاءً لا تجعلي الحزن يعتصر قلبك للفراق، ولكن تعلمي من الرومي كيف حول نار آلامه إلى شموع تضيء للمحبين الطريق ليروا الحب وينشروه في كل مكان.. تمنيتِ أن تكوني الرومي وهذا هو قدر كل الروميين في الحياة.. قدر كل رومي أن يحيا بألم فقدان الحب ليكون معلمًا للحب.. ما كنت لأغادر دون أن أخبرك بالخطوة السابعة على طريق السعادة طريق الله: إذا سكن الله قلبًا فإنه يغار عليه.. فاحرصي على ألا تحبي بقوة، فالقوة دائمًا لله. لن أقول وداعًا حبيبتي فإن أرواحنا سوف تتعانق كل ليلة ويوم.. دعيني أقول إلى الملتقى في عالم البرزخ.. عالم الحقيقة.. عالم النور والحب.

لم تصدق رشا نفسها.. إن ما رأته في الحلم يتحقق.. إن روح مضت في طريقها منفذة أمر الهجر لنور.. ليس لنور وحده ولكنه لها هي أيضًا.. في هذه اللحظة فقط أدركت أن كابوسها لم يكن إلا رحلة في عالم الأرواح اقتربت فيها من روح واتحدت معها ورأت وسمعت رسائلها المرسلة إليها.

بكت بشدة وهي تقرأ كلمات الوداع، ولكنها الآن تبكي صديقتها وشمسها معًا.. شمسها التي كانت بجوارها طوال الوقت ولم تعرفها.. الآن فقط تذكرت تنبيهات روح وتلميحاتها.. لقد أرسل الله لها

الإشارة ولكنها لم تلتقطها.. لقد فقدت شمس الذي طالما تمنته.. وفقدت الصديقة التي أحبتها كما لم تحب أحدًا من قبل.. فقدت الروح التي كانت ترافقها وتصحبها لعالم أكثر جمالًا ونقاءً وأسمى وأعلى روحانية.. عالم طالما تمنت أن تقترب منه وتعيش فيه وتحظى بأنوار معارفه.. أنوار!

تذكرت نور.. تُرى كيف حاله؟ تُرى هل هجرته بدون وداع أم ودعته وداعًا مختلفًا تمامًا كقصة حبهما المختلفة؟ كيف تلقى الخبر وهو في قمة احتياجه إليها؟

التقطت هاتفها بسرعة واتصلت به:

ـ نور.. طمني عليك.. إنت كويس؟

نور: الحمد لله يا رشا.. خير فيه حاجة ولَّا إيه؟ صوتك متغير.. إنتِ معيطة ولَّا إيه؟

رشا: إنت كلمت روح النهارده؟

نور بقلق:

ـ مالها روح يا رشا؟ ما تقلقنيش من فضلك!

رشا: روح كويسة يا نور.. هيَّ ما كلمتكش ولا بعتتلك إيميل زيي؟

نور: لا، ما كلمتنيش.. وبعدين تبعتلي إيميل ليه؟ وبعتتلك إيميل ليه؟

رشا: يعني ما بعتتلكش إيميل حتى؟

نور: ما أعرفش.. أنا أصلي باقفل الإيميل من على الموبايل طول شهر رمضان.. بابص عليه من على الكمبيوتر بالليل بسرعة علشان لو فيه حاجة مهمة.. فهميني يا رشا إيه الموضوع من فضلك؟ روح كتبتلك إيه؟

رشا: كنت أفضل لو كانت هي إللي تقولك بنفسها.. طب شوف كده إن كانت بعتتلك إيميل ولَّا لأ؟

نور: أنا أُدَّام الكمبيوتر أهو وبافتح الإيميل.. فعلًا فيه إيميل من روح!

بدأ نور بقراءة الإيميل بصوت مسموع لرشا، بدأ صوته في التغير، وبدأ يختلط بدموعه.. كانت رشا أيضًا تبكي وهي تستمع إلى كلمات روح بصوت نور:

شمس الشموس، ونور القلب والروح.. لقد كنت لي نعم الشمس، بل أفضلهم كلهم على الإطلاق، وما اكتفيت من القرب منك أبدًا.. ولكن روحك أحب إليَّ من روحي التي هي جزء ضئيل منك.. لن أكون السبب في انطفاء أنوارك.. أنت شمس الشموس ويجب أن تظل منيرًا طول الوقت.

أتعلم أيها القديس العاشق ما يزيد سحرك سحرًا؟ إنها تلك الهالة التي تحيط بك.. هالة النور التي كلما وقعت عيني عليك رأيتها تسبقك إليَّ.. فتخجل عيني أن يصل بصري إليك.. حاولت جاهدة أن أتجاهل اقتحام قدسيتك لقلبي وانجذابي إليك.. فأنا أحبك، نعم، ولكني أعلم مثلك أن حبنا ليس لهذا الزمان.. أنت عندي أكبر من أن ترتكب خطيئة واحدة.. حتى وإن كانت خطيئتك هي النظر إليَّ.. سأظل أحميك مني حتى وإن تعذبت.. لن أكون السبب في فقدانك قدسيتك وهالة النور المحيطة بك.. ستظل أنت القديس العاشق، وسأظل أنا المعذبة في هواك..

إلى أن نلتقي في عالمنا وتحيط بنا هالتك النورانية، فتعطيني من قدسيتك شطرًا وأعطيك كل عشقي الذي طال انتظاري للبوح به بين يديك.. ونعود كما بدأنا معًا من قبل.. تحيطنا هالة النور.. هالة العشق المقدس الممنوع عليه البوح!

شمسي، حبيب الروح.. لقد وصلتني الإشارة وعرفت وجهتي... إنها قونيا.. مقبرة الحب التي شهدت ميلاد الحب.. سوف أذهب حيث يرقد صاحب القلب الكسير الذي كوته نار الفرقة وعذبته آلام البعد... سوف أذهب لمن اعتصر قلبه بالحب فعلَّم الناس الحب.. إني ذاهبة إلى فاقد شمسه لأخبره أنني مثله فقدت شمسي، ولكنني فقدته وهو ما زال حيًّا.. سأكون في قونيا بجانب مولى الحب.. مولاي الرومي.. سوف أتعلَّم منه كيف أترجم آلامي وعذاباتي في حبك إلى جمال... سوف أمكث بجواره ولن أعود... لقد قلتَ لي في إحدى الرؤى: «موعدنا ليس بقريب ولكن يوم نجتمع لن تتذكري شيئًا من عذاب الفراق.. سوف يكون قد عبر علينا البعد كلمح البصر.. فاصبري مثلي فهكذا يريدنا الله».. وأنا أريدك أيضًا أن تصبر.. فهكذا يريدنا الله.

لا ينتابك القلق عليَّ فإنني ذاهبة لأدفن قلبي الكسير وأحيا بقلب سعيد يسكنه الله وحده... وأريدك أيضًا أن تحيا بقلب سعيد... لقد علَّمتني أن ربي يغار على قلوب من يحب.. ولا ينبغي للمحب أن يسكن قلبه سوى الله.. وأنا أحببتك بقوة وأنا أحب الله.. فلا ينبغي حبيبي أن تسكن قلبي بتلك القوة مع الله..

تعلمت منك أن القلب بيت الرب.. فدعني أذهب لأطهر بيت الله بداخلي.. قلبي.. دعني أطهر قلبي من حبك بحب الله وحده لا شريك له.. أحبك حبًّا ليس فيه من حب الدنيا ولا البشر غير أنني أحيا في الدنيا وأنني بشر.. أُحبك في الله.

روحك

صمت نور بعد أن انتهى من الرسالة.. كان صوت بكائه فقط بدون كلمات.

قطعت رشا صمته وبكاءه بصوت يملأه الشجن:

ـ كان نفسي أقدر أواسيك، بس أنا مش عارفة أواسي نفسي على بُعدها.. أنا طبعًا مقدرة مشاعرك ومتأكدة إن مهما كان حجم حزني على فراق روح مش ممكن يبقى أد حزنك.. بصراحة مش عارفة أقولك إيه.. ربنا يجبر قلوبكم!

نور: اللهم آمين.. يجبر قلبها الأخضر، ويجبر قلبي في بُعدها ويصبرني عليه.. أنا مش مصدق! أنا حاسس إني في كابوس مزعج.. عمري ما تخيلت إن ييجي عليَّ يوم ما أشوفش روح! برغم كل آلام الحرمان إللي مرينا بيها إلا إننا كنا متعودين إن إحنا دايمًا في فَلك بعض.. مفيش حاجة ممكن تفرَّقنا ولا تخلي عيونا ما تقابلش بعض.. ما كنتش أتخيل أبدًا إن روح الرقيقة تقدر تشيل العبء ده لوحدها وترحل عني.. روح دي حتة كريستال شفافة تتلف في الحرير ويعدي منها النور وبس.. لا تقدر على وجع ولا تستحمل بُعد.. يبقى إزاي هيَّ إللي تبعد؟ إزاي هيَّ إللي تحميني من ضعفي

وتتحمل كل الوجع ده لوحدها؟ إزاي مش أنا إللي أحميها؟! إزاي؟! دي غلطتي أنا.. أنا إللي ضعفت وخلتها تتحط في الموقف ده!

رشا: ما تقساش على روحك يا نور، إنت حاولت بس ربنا عايز كده.. وإنت قلت بنفسك.. علشان روح زي الكريستال وروحها شفافة بيعدي منها النور راحتله.. تمام زي الفراشات إللي بتروح للنور وهيَّ عارفة إنها هتتحرق منه.. هيَّ فعلًا هجرتك يا نور بس راحت للنور إللي جواها.. النور إللي بينور وما بيحرقش.. روح راحت لنور ربها وسابت أي نور تاني.. ادعيلها وادعيلنا ربنا يصبرنا على بُعاد بعض.

۱۸

فهمت رشا لماذا جعل الله روح تزهد في كل الأشياء.. فهمت لماذا أحبت فساتينها المزركشة وشيلانها الخضراء.. لتبدو تمامًا كما تبدو الفراشات.. جميلة ملونة خفيفة تتنقل بدون أعباء.. تبحث فقط عن النور وتطير إليه عندما يأتي وقت الفراق.

مسحت رشا دموعها الغزيرة، وقالت لنفسها: «إذا لم أتيقن أن شمسي كانت بجواري طوال الوقت، فعلى الأقل سوف أستوعب الدروس التي لقنتها لي ولن أترك كلماتها تكون مجرد كلمات على ورق».

قامت تدون للمرة الأخيرة في دفتر خطى روح على طريق السعادة.. قامت وهي تقطر على صفحات الدفتر دموعًا حارة.. تقاوم بشدة تعلق قلبها بروح وتقاوم حزنها على فراقها.. تحاول أن تتعلم من روح التي ذهبت وتركت خلفها حبيبها وتلميذتها وصديقها وقبور أهلها وكل ذكرياتها، ومضت تحمل فقط بين ضلوعها الصغيرة قلبًا جريحًا وفي حقيبتها قصاصة من التُّل الأبيض! هي أيضًا ستقاوم

حب روح بداخلها كي يبقى قلبها، بيت الله، عامرًا بحبه فقط، وأي حب آخر هو حب زائر لا مالك للبيت.. قامت وكتبت:

الخطوة السابعة
إذا سكن الله قلبًا فإنه يغار على هذا القلب وصاحبه..
فاحرص دائمًا ألا تحب بقوة فالقوة دائمًا لله.

أغلقت الدفتر بينما يعتصرها الألم والحزن لأنها آخر مرة ستدون به شيئًا.. ولكنها فجأة تذكرت أنها حاملة المفتاح والأمانة.. إنها لم تتسلم المفتاح لتسمع فقط من روح ونور آلام حبهما وأوجاع الحرمان والفراق.. إن لها دورًا.. ربما لم يحن وقت هذا الدور بعد لكنه بالتأكيد سوف يأتي يومًا ما.. التقطت دفترًا جديدًا.. وجدت نفسها تكتب في أولى صفحاته: «روح».

قالت لنفسها: «سوف أكتب قصة حب روح ونور.. سوف أصف كيف أحبت تلك الروح الجميلة ذلك النور البراق بقوة وجمال.. سوف أجعل من قصة حبهما قصة أجمل من قصص الحب الأسطورية.. لا لن أجعلها.. إنها بالفعل كذلك.. إنها قصة حب نشأت في معية الله وبأمر الله وحرستها ملائكة الله، فكيف لا تكون أجمل وأطهر من كل قصص الحب الأخرى؟ سوف أدونها وأبقيها سرًّا كما كُلفت في رؤياي.. سأبقى بئر الأسرار لهما حتى يأذن الله وترى تلك الحكاية النور ويقرأها كل الناس.

ليته كان بيدي أن أجعل كل من يقرأ حكايتهما يدعو لهما أن

يجمعهما الله معًا.. نعم، سوف أكتب في نهاية قصتهما رجاءً.. رجاءً من قلب عاش بقرب تلك القصة الجميلة الحالمة وكان شاهدًا على جمال أحاسيسها وآلام حرمانها.. رجاءً من أعماق قلبي أن تدعو لروح ونور أن يجمعهما الله ويسعد قلبيهما اللذين قذف الحب بهما».

كتبت بسم الله الرحمن الرحيم.. وتوقفت.. همس هامس في أذنها: «إن الله هو خالق الروح والنور وهو القادر على جمعهما».

نظرت حولها تبحث عن الهاتف الذي همس في أذنها ولكنها لم تجده حولها.. مسحت دموعها وتبسمت.. تذكرت ذلك الهاتف الذي زارها من قبل وهمس في أذنها برقة أول مرة عن شمسها.. فهمت الرسالة وعلمت أن الله يطمئنها، وأنه كما أرسل إليها شمسها سوف يجمع روح ونور.. ولكن أين سوف يجمعهما؟ هل سوف يأتي اليوم الذي يجمع الله روحيهما وجسديهما معًا في الدنيا وتشهد هي عرسهما؟ هل سوف تشهد نور يرفع الطرحة التُّل عن وجه روح كما شهدته يعطيها قصاصة التُّل؟ تمنت أن ترى ذلك المشهد ولكن تُرى هل سوف يتحقق بالفعل أم سوف يظل الرابط بينهما في عالم الأرواح والنور فقط؟

استرجعت ذكريات تلك الفترة الجميلة والقصيرة التي نقلتها من عالم الماديات والمنطق إلى عالم النور والخيال والأحلام.. عالم القلوب.. أغمضت عينيها وهمست لربها كعادتها: «باحبك يا رب.. باحبك يا اللي بعتلي أجمل هدية حتى لو كنت خدتها مني بسرعة.. بس باحبك.. ولازم أتعلم مهما زعلت على حد يفضل حبك في قلبي

أقوى من أي حد وكل حد.. وبِاحب سيدي وسيد الخلق والناس تاج القلوب.. كل القلوب.. اللهم صلِّ على تاج القلوب سيدنا محمد، حبيب رب الوجود الذي بكى بالدموع شوقًا لرؤية أحباء ما رآهم أبدًا بالعيون.. عدد ما أحب قلب وهوى، وعدد ما ذاب العشاق عشقًا واحتاجوا الدوا.. اللهم إنه قال إن لكل شيء قلبًا.. فصلِّ وسلم وبارك عليه عدد ما نبضت قلوب، وعدد ما أحييت قلوبًا وأمت قلوبًا وخلقت قلوبًا، إنك أنت يا ربي رب القلوب».

من أين أتت بذلك الدعاء؟ لم تسمعه ولم تقرأه من قبل، ولكن انطلق به لسانها دون أن تعلم كيف!

١٩

كيف؟ وأين؟ ولماذا؟ أسئلة عادت تراودها مجددًا، ولكنها الآن فقط تيقنت أنه ليست كل الأسئلة التي تدور برأسها ستحظى بأجوبة في علم الظاهر.. فهمت أنها إذا أرادت أن تطلق روحها لتسبح في ملكوت الله، فإن عليها أن تصبر على ما لم تُحط به خُبرًا، وتستوعب أن بعض الأجوبة ستظل محجوبة في علم الباطن عند الله وحده خالق الباطن والظاهر، ومالك كل مفاتيح الأسرار، ومجمع كل الأرواح والأنوار.

شكر خاص

شكرٌ خاص لشمسي الذي أعلم تمام العلم أنه موجود.. ربما بالقرب مني وربما لا.. وربما أقرب مما أتصور.. ولكني على يقين أنه كان يراقبني عن بُعد، ويطمئن أني أعمل جاهدة على إتمام ما بدأت من أول يوم.

شمسي.. أعلم أنك سوف تقرأ هذه الرواية، وأعلم أيضًا أنك سوف يكون لك تعديلاتك عليها.. فجُدْ عليَّ بكرمك وادنُ مني وأخبرني بنفسك عن أخطائي وعلِّمني.. فهذا هو دور الشموس وأنت شمسي.. أرجو أن تنال روايتي إعجابك وتكون بمثابة إشارة لك للظهور في حياتي بوضوح وبدء رحلة تعليمي وتهذيب روحي في حب الله على يديك.. أتحرَّق شوقًا للانحناء لتقبيل يدك، ففضلًا لا تطيل البُعد، وامدد يمينك كي تحظى بها شفتاي.